OS VULNERÁVEIS

Direção Editorial: **Silvio Testa**

Coordenação Editorial: **Carla Fortino**
Editora: **Fabiana Medina**
Revisão: **Andressa Veronesi** e **Laila Guilherme**
Capa: **Fabiana Yoshikawa**
Ilustrações: **Talita Hoffmann**
Diagramação: **Estúdio Dito e Feito**

1ª Edição: 2024

Dados Internacionais de Catalogação na Publicação (CIP)
(Angélica Ilacqua CRB-8/7057)

Nunez, Sigrid.
Os vulneráveis / Sigrid Nunez ; tradução de Carla Fortino. — 1. ed. — São Paulo : Editora Instante, 2024.

ISBN 978-65-87342-60-3
Título original: The Vulnerables

1. Ficção norte-americana I. Título II. Fortino, Carla

CDD 813
24-1238 CDU 82-3(73)

Índices para catálogo sistemático:
1. Ficção norte-americana

Texto fixado conforme o Acordo Ortográfico da Língua Portuguesa de 1990, em vigor no Brasil a partir de 2009.

www.editorainstante.com.br
facebook.com/editorainstante
instagram.com/editorainstante

Os vulneráveis é uma publicação da Editora Instante.

Este livro foi composto com as fontes Lane-Narrow e Arnhem e impresso sobre papel Pólen Natural 70g/m^2 em Gráfica Ipsis.

FSC
www.fsc.org
MISTO
Papel | Apoiando o manejo florestal responsável
FSC® C011095

SIGRID NUNEZ

OS VULNERÁVEIS

ROMANCE

TRADUÇÃO
Carla Fortino

instante

“Está por trás de tudo [...]
certa qualidade que podemos chamar de pesar.”
— James Saunders, *Next Time I'll Sing to You*

“A vida não é a que a gente viveu, e sim
a que a gente recorda, e como recorda para contá-la.”
— Gabriel García Márquez, *Viver para contar*

“Como você se revela sem pedir por amor ou pena?”
— Margo Jefferson

PARTE UM

"Era uma primavera instável."

Eu tinha lido o livro havia muito tempo e, com exceção dessa frase, não me lembrava de quase nada. Eu não poderia contar a você sobre as pessoas que apareciam na narrativa ou sobre o que aconteceu com elas. Não poderia contar a você (somente mais tarde, depois de ter pesquisado) que a história tinha início em 1880. Não que isso importasse. Só quando era jovem eu acreditava que era importante lembrar o que acontecia em cada romance que lia. Agora sei a verdade: o que importa é o que você experimenta durante a leitura, os estados de sentimento que a história evoca, as questões que surgem em sua mente, muito mais do que os eventos ficcionais descritos. Deviam ensinar isso na escola, mas não ensinam. Em vez disso, a ênfase sempre está naquilo que você lembrou. Do contrário, como se escreveria uma crítica? Como se passaria em um exame? Como se conseguiria obter formação em literatura?

Gosto do romancista que confessou que a única lembrança que permaneceu com ele depois de ter lido *Anna Kariênina* era o detalhe de uma cesta de piquenique apoiando um pote de mel.

O que ficou comigo todo esse tempo depois de ler *Os anos* foi o início, com aquela primeira frase, seguida por uma descrição do clima.

Nunca inicie um livro com o clima é uma das primeiras regras da escrita. Nunca entendi por que não.

"Clima implacável de novembro" é a terceira frase de *A casa soturna*. Após a qual Dickens famosamente fala sobre nevoeiro.

"Era uma noite escura e tempestuosa." Nunca entendi por que essa frase foi universalmente reconhecida como a pior maneira de (esqueci quem: outra coisa para pesquisar) iniciar um romance. Desprezada por ser tanto desinteressante como, ao mesmo tempo, muito melodramática.

(Edward Bulwer-Lytton, originalmente, em um livro chamado *Paul Clifford*, em 1830. Outros depois, em zombaria, mais memoravelmente Ray Bradbury, Madeleine L'Engle e Snoopy.)

Pouco imaginativas era a expressão usada por Oscar Wilde para descrever pessoas para as quais o clima é um assunto de conversa. Claro, em sua época, o clima — o clima inglês em particular — era entediante. Não o evento bem mais errático e frequentemente apocalíptico pelo qual hoje as pessoas em todo o mundo ficam obcecadas.

É importante ressaltar, contudo, que não era do nevoeiro comum — vapor condensado, uma nuvem baixa — que Dickens falava, mas de um miasma causado pela terrível poluição industrial de Londres.

Era uma primavera instável.

Todas as manhãs eu saía para caminhar. Era meu principal prazer em uma escassez de prazeres, observando dia após dia a chegada de uma nova estação: as magnólias abrindo suas pétalas e — tão pungentemente cedo, como parecia para mim todos os anos, mas jamais tão cedo quanto na primavera de 2020 — as perdendo. As flores de cerejeira, ainda mais adoráveis — as mais adoráveis, estamos combinados? —, mas igualmente de curta duração. Os junquilhos e os narcisos — narcisistas? — e as vistosas tulipas que quase pareciam bocas enlouquecidas clamando por atenção. "Muito excitável" é como Sylvia Plath certa vez descreveu um vaso de flores "muito vermelhas". Como as assustadas rosas de Rilke "levantando-se para gritar: Vermelhas". Para Elizabeth Bishop, as manchas na ponta das pétalas dos cornisos eram como queimaduras em uma guimba de cigarro. Poetas.

Pode ser acidental que os nomes de flores também sejam sempre belas palavras? Rosa. Violeta. Amarílis. Nomes tão atraentes que as pessoas os escolhem para seus bebês. Jasmim. Camélia. E certa vez conheci uma buldogue chamada Petúnia. Uma gata chamada Mimosa.

Tantos outros nomes belos que posso pensar: anêmona, lilás, azaleia. Certamente deve haver uma exceção. Sempre há exceções. Mas, embora eu não seja tão entusiasmada com a palavra *flox*, não consigo pensar em um único nome de flor feio, você consegue?

Existem outras plantas, no entanto, como ervas daninhas e outras ervas, com nomes horríveis, como ervilhaca. Estamos pensando em chamar o bebê de Ervilhaca. Conheça os gêmeos: Manjerona e Manjericão. Esporão. Barbatimão. Absinto: o nome que C. S. Lewis deu ao aprendiz do diabo em *Cartas de um diabo a seu aprendiz*.

Papoula! Não para uma menina, jamais, mas é um bom nome para uma gata.

Havia dias em que ficava muito tempo fora — até três ou quatro horas. Eu fazia um *loop*. Ia de parque em parque. Era onde as flores estavam. No começo, antes que os playgrounds fechassem, me confortava ver as crianças mais novas, ou apenas ouvir suas vozes trinadas, enquanto sentava em um banco próximo. (Eu não ficava lendo, como faria em épocas normais. Tinha perdido a capacidade de concentração. Eram somente as notícias que prendiam minha atenção, a única coisa que eu gostaria de conseguir ignorar.) Também gostava de ver os cachorros brincarem, antes que os parques caninos fossem fechados. Não havíamos todos sido reduzidos à condição de crianças? Estas eram as regras: quebre-as e você será punido, seus privilégios de fazer coisas felizes haviam sido retirados. Para o bem de todos: que fique bem entendido. Mas e os cachorros — o que *eles* tinham feito?

Claro, eu ainda via muitos cachorros sendo levados para passear. Mas parecia que havia algo diferente neles. Sabiam que alguma coisa estava acontecendo. A maneira sombria como se arrastavam, o cenho franzido, a cabeça baixa. No que haviam se metido *agora*?, o cenho deles parecia perguntar.

Uma jovem amiga desaprovava o tanto de tempo que eu passava ao ar livre.

É permitido tomar um ar, ela dizia. Isso não significa vagar pelas ruas por horas.

Mas por que expressar as coisas nesses termos, *vagar*, como se eu fosse alguma senhorinha doida e sem rumo?

Uma volta rápida no quarteirão, uma ida ao mercado, entrar, sair, sem demora. *Fique em casa*. Essa é a regra.

Não se faça de boba, dizia ela. Você está quebrando as regras e sabe disso.

Uma pessoa *vulnerável*, assim ela me chamava. Você é vulnerável, dizia. E precisa agir como tal.

O governador de Nova York, o homem que fazia as regras, concordava com isso.

Nas redes sociais espalharam uma história de mulheres em quarentena se masturbando enquanto assistiam às coletivas de imprensa diárias dele.

Esta manhã, recebi um e-mail de uma estranha, uma mulher zangada com algo que escrevi. É um lixo, diz ela. Cada palavra.

O que só pode significar uma coisa: devo ser um lixo.

Assim como outra mulher, tantos anos antes, que me enviou uma carta para expressar sua aversão a mim por compor dois personagens supostamente baseados em meus pais. O inglês não era a primeira língua dela.

Somente uma pessoa doente faz mãe e pai tão errados, escreveu ela. Por isso, espero que você se castigue.

Gosto daquela história verídica sobre um escritor que queria criar um personagem fictício baseando-se em uma mulher que conhecia. Ele a disfarçou, conferindo à personagem, por exemplo, um corte de cabelo bem curto, no lugar do estilo pajem da vida real usado por ela desde o ensino médio, e marcantes óculos com armação de tartaruga no modelo gatinho. Embora na vida real a mulher não tivesse filhos, no livro ela era mãe de um de vinte e poucos anos.

Algumas semanas antes do lançamento do livro, a mulher foi acometida por um caso grave de secura nos olhos e passou a não tolerar mais o uso de lentes de contato. Para seus novos óculos, nem é preciso dizer que ela escolheu uma armação de tartaruga no modelo gatinho. Agora que não era mais jovem e seu cabelo estava fino e rareando, por sugestão do cabeleireiro ela adotou um corte *pixie*. Nem o escritor, nem ninguém na vida da mulher sabiam que ela, na adolescência, tivera um bebê e o entregara para adoção. Foi só agora, ao chegar aos vinte anos, que o filho decidiu procurar pela mãe biológica.

Ouvi dizer que Tchekhov queria escrever um romance que chamaria de *Histórias da vida de meus amigos*. É bem provável que seus amigos não quisessem que o escrevesse.

Outra mensagem zangada, no início desta semana, de uma pessoa que não tinha lido algo que escrevi, mas soube por terceiros. Conforme seu entendimento — ou, melhor dizendo, desentendimento —, eu havia atacado um professor por ele ter assediado sexualmente mulheres jovens.

Onde VOCÊ estava, o sujeito escreveu, quando uma MULHER MAIS VELHA se aproveitou de mim? Onde VOCÊ estava?

Onde eu estava? Onde *eu* estava? Por que a pergunta dele me intriga? Quando digo às pessoas que me sinto tentada a responder, todas se apressam em dizer: *Não responda*.

Mas nem todos os estranhos que entraram em contato comigo naqueles dias estavam zangados. Havia a mulher escrevendo de Albany que pensava que eu fosse um Prezado Senhor e se oferecia para ser minha esposa. Ela ia me amar muito, prometia. Ia me fazer sentir um Homem de Verdade. (O que me leva a recordar: o que fez cessar todos os e-mails que eu recebia com ofertas para aumentar meu pênis?) E mais ou menos uma vez por semana a mensagem de voz de uma mulher que se identificava como voluntária ligando apenas para saber como eu estava. A mesma mensagem todas as vezes: Deus te ama, seguida por um versículo da Bíblia.

Assim, de diferentes pontos do cosmo, votos bons e maus sopram em meu caminho. Amor e ódio.

Enquanto isso, venho trabalhando em uma pesquisa para um simpósio literário, tentando responder a uma questão que me fazem o tempo todo.

Tive conhecimento de pesquisas sobre gêmeos, incluindo algumas cujo cogêmeo não sobreviveu ao nascimento. Para muitos dos sobreviventes, o resultado tem sido sentimentos de perda, dor, vazio e culpa ao longo da vida. Em um dos casos, um homem que não foi informado sobre seu gêmeo natimorto até que atingisse a idade adulta descreveu ter experimentado um grande alívio. Finalmente ele tinha uma explicação para a lacuna dolorosa que sempre experimentou; por que, em todas as alegrias de sua vida, não importa quão significativas elas fossem, havia sempre uma onda de tristeza.

Nunca tive um irmão gêmeo — então por que a história desse homem mexe tanto comigo? Por que parecia uma revelação? *Algo está faltando. Algo foi perdido.* Acreditar nisso está no cerne do motivo pelo qual escrevo.

Por um tempo, durante o mesmo período em que me vi incapaz de ler, não tinha certeza se seria capaz de voltar a escrever — apenas uma das muitas instabilidades daquela primavera. (Não há um escritor que conheço que não tenha experimentado a mesma coisa.) Mas o sentimento sobreviveu e não vai se afastar: desejo saber por que me sinto como se estivesse de luto por toda a minha vida.

Toda história que vale a pena ser contada é uma história de amor, disse alguém que eu amava muito.

Mas esta não é aquela história.

Eu me lembro de um menino. Seu nome era Charles. Cabelo loiro penteado para o lado. Um topete. Pequeno para a idade (doze, treze anos) e com orelhas de abano, as quais, com o penteado, lhe davam uma aparência um tanto cômica. Poderia ter sido o modelo para Dennis, o Pimentinha.

Um menino, um menino comum, um dia possuído. Uma tarde de sábado qualquer, ele me telefona, um colega de classe que mal conheço. O que ele quer? Por que não consegue falar? Parece que está sufocado.

Fale!

Eu quero ver você, ele enfim deixou escapar. Quer saber se pode ir à minha casa.

Digo que não e desligo.

Minha mãe está lá (ela está sempre lá: nenhuma privacidade, nunca, vinda daquela mulher). Ela quer saber quem ligou e, quando eu explico, volta ao que estava fazendo: olhava pela janela do nosso apartamento do terceiro andar. (Nunca conheci ninguém que passasse tanto tempo na janela como ela; por horas observava a vizinhança, como se estivesse vendo televisão, de vez em quando tecia comentários, por exemplo, sobre como a sra. Prysock estava engordando, ou nos alertava sobre uma visão que nos fazia correr até lá embaixo:

uma briga — sempre ocorreram muitas —, ou um inquilino sendo despejado, ou, certa vez, a mais memorável, um corpo: alguém que havia pulado do prédio morto no chão.)

Como esse menino é?, pergunta. Ele tem cabelo loiro?

Charles deve ter ligado de uma cabine telefônica. Como sabia onde eu morava, não sei dizer, mas ele veio de bicicleta e, durante a tarde toda, andou para cima e para baixo no quarteirão sob a vigilância atenta, empática e até mesmo admirada de minha mãe (é preciso coragem para um estranho — um garoto branco loiro minúsculo — andar sozinho naquele bairro).

De vez em quando Charles parava para telefonar e implorar para mim novamente.

Lembro que não tive pena. Algo também havia me possuído. Eu não estava lisonjeada. Eu era como a princesa na história, lançando olhares horrorizados por cima do ombro para o sapo que a seguia até sua casa e do qual não podia fugir. Mas *ela* havia feito uma promessa: ser a melhor amiga do sapo caso ele recuperasse a bola de ouro que ela estupidamente deixara cair em um poço.

Como já era tarde, e Charles não ia embora, minha mãe apertou as mãos — *Ele não deveria estar aqui depois de anoitecer!* —, e comecei a chorar. Tamanho drama em uma tarde de sábado que, não fosse por aquilo, seria igual às outras. Era primavera, e ainda posso sentir minha humilhação ao ver a figura pequena e patética pedalando lentamente ao longo da cerca viva.

Quanto mais minha mãe demonstrava empatia por ele — o garoto viera até aqui, o mínimo que eu poderia fazer era falar com ele —, mais eu o desprezava.

Mais tarde, ela mandou que eu não contasse a ninguém; referia-se, é claro, às outras crianças da escola. A ansiedade dela me irritou. Como muitas mulheres, ela sempre achava mais fácil sentir pena de um homem (exceto, é claro, do marido, pelo qual ela carregava ressentimentos inumeráveis, perpétuos e mortais) que de qualquer mulher. Mas o que havia no comportamento dela que sugeria que eu de alguma forma fosse a culpada? Que, embora eu nada tivesse feito para incentivá-lo, na verdade eu devia algo a esse sapo, talvez muito.

Ternura para com um garoto que ela não conhecia, rispidez para com a própria filha. Observando-me como se visse algo novo em mim. Algo de que ela que não gostava.

Na escola, naquela segunda-feira, Charles não me encarou. Ele não encarou ninguém. Sentou com a cabeça baixa e o rosto petrificado, como se um de seus avós tivesse morrido. Na sala de aula, quando contei o que tinha acontecido, meus amigos ficaram tão indignados quanto eu.

Lembro-me das orelhas dele: tinham o tamanho e o formato ideais para captar cada sussurro e cada riso. Ele sentou em uma das primeiras fileiras, encurvado e totalmente acuado. Uma presa acuada. Dava para ver o rubor subindo pela nuca, sombria e constantemente, como se tinta vermelha estivesse sendo derramada em um buraco no crânio, depois pelas orelhas, parecendo crescerem ainda mais conforme eram ingurgitadas de sangue. Foi isso que fez dispararem todos os *Vejam as orelhas dele! Vejam as orelhas dele!*, até o professor precisar gritar para nos acalmar.

Foi ruim da minha parte, admito. Mas discordo dos deuses por me fazerem pagar por isso não apenas uma vez, mas *tantas* vezes.

Charles nunca mais me incomodou. Na realidade, esqueceu completamente de mim. Não que tenha voltado a atenção para outra garota. Ele perdeu todo o interesse por garotas. Era como se, tendo tentado e falhado, tivesse aprendido tudo o que precisava saber sobre o amor e seguido em frente.

Esqueci de dizer que ele era novo; a família dele havia acabado de chegar à cidade. Mas Charles era um bom garoto, adaptou-se imediatamente, fazendo amizade com as outras crianças — inclusive eu. Nós nos tornamos amigos e continuamos amigos, como se nunca tivesse havido nenhum problema entre nós. Crianças perdoam e esquecem mais facilmente que adultos — ou deuses —, e lembro que isso parecia perfeitamente natural; teria sido estranho se Charles guardasse rancor.

Eu me lembro de interpretar Estella em uma apresentação escolar baseada em cenas de *Grandes esperanças*.

Eu me lembro de como, apesar da maneira como a personagem o maltratava, Pip continuava a amá-la — sempre. Eu me lembro da professora/roteirista/diretora e do quão esquisita *ela* era (uma daquelas professoras que as crianças consideram quase um dever atormentar), e como uma das coisas mais esquisitas a seu respeito era quanto essa peça do ensino médio significava para ela. Nos ensaios, a professora tirava os sapatos e corria pelo palco, revelando-se, persuadindo, movendo-se tão energicamente que o cós da saia se retorcia e o suor brilhava em sua pele (enquanto nós tremíamos: fazia frio no auditório depois das aulas). É a voz dela que ouço interpretando as falas:

Mas não fiques aí a vaguear, menino.

Acho que ela é muito bonita.

Ora, mas ele é um trabalhadorzinho vulgar!

E daí? Podes partir o coração dele.

Também me atento a um sotaque, e, a menos que seja invenção de minha memória, ela era do Sul. Eu me lembro de sua decepção com Pip, que não entrou no clima; de sua frustração comigo por eu não ser capaz de me entregar ao papel; e de como extraiu de outra garota a semelhança com uma velha bruxa solteirona e britânica que era verdadeiramente incomum.

Em outra aula, lemos uma versão resumida de *David Copperfield*.

Sou chamada para descrever Steerforth. O bom e o mau.

Steerforth é bonito, inteligente e rico; Steerforth é charmoso, romântico e popular. Steerforth é egoísta, é desonesto, é ruim com a pequena Emily e malvado com os pobres.

E você acha que há muitas pessoas no mundo como Steerforth?, pergunta o sr. Rosenberg.

Certíssima da resposta, digo que não.

Não?, pergunta o sr. Rosenberg, dando-me outra chance. E, enquanto nego com um aceno de cabeça, ele diz: Então acho que você é muito ingênua.

O mundo está repleto de Steerforths, diz ele, olhando bem nos meus olhos.

Eu havia sido avisada.

— • —

Outro menino: o nome dele era Larry. Embora frequentasse uma escola diferente, católica, ele morava perto do nosso colégio e muitas vezes andava com as crianças de lá. Ele se apaixonou por uma garota chamada Jill e, como era o ritual naquele lugar, naquela época, ofereceu a ela sua pulseira de identificação, com seu nome gravado. Ela recusou e então, quase imediatamente, mudou de ideia. Ou talvez, na verdade, ela nunca tenha realmente desejado rejeitá-lo — você sabe como essas coisas acontecem.

Mas então, embora quase nenhum tempo tivesse se passado, *Larry* mudou de ideia. Talvez fosse apenas uma questão de orgulho. Em todo caso, tudo estava perdido. Ele não fez nada cruel; era um bom menino, mais Copperfield que Steerforth, que morava com a mãe solo (um tipo raro de família naquela época). Não se vangloriou. Não atormentou nossa Jill. Mas decerto o coração dela estava partido. A vida de Jill se esvaiu, como se abatida por uma doença debilitante. Passou o dia na escola com uma expressão atordoada no rosto pálido — Helen Keller, um menino a provocou — indiferente.

Às vezes ela chorava silenciosa e discretamente, mas, ao menos uma vez que me lembro, teve um acesso violento de soluços estridentes que paralisaram a classe. Lembro que o professor, sem antes perguntar o que havia de errado, tentou fazer uma piada: Meu Deus, alguém morreu?

Eu me lembro de que ela não falava daquilo conosco, suas amigas, embora compartilhássemos a maioria das coisas uma com a outra, em especial qualquer fato que tivesse a ver com meninos. E aquele silêncio nos assustou, parecendo situar o sofrimento dela no nível de outras crises sobre as quais ninguém comentava: um coroinha molestado, um homem que bateu tanto na esposa que ela precisou ligar no trabalho dizendo que estava doente, a mãe de alguém com câncer de mama, uma menina ou uma mulher que fora estuprada.

Embora não houvesse nada de teatral (no sentido de falsidade) em seu sofrimento, *havia* algo de trágico em Jill. Ela sempre foi uma menina bonita, mas sua provação a transformou, envelhecendo-a como uma pessoa adulta e séria. Sentava entre nós, crianças em idade escolar, adulta e séria. Silenciosa, majestosa e muito bonita.

Aquilo não durou para sempre — mas a terá marcado pelo resto da vida? Eu, mera testemunha, nunca pensei no amor da mesma maneira desde então. Estava em todas as canções, mas aquela era a prova de que tais canções não eram exageradas. Algo que poderia chegar até nós e nos devorar como uma doença. Um garoto comum que nada tinha contra nós poderia nos derrubar, poderia fazer com que, mesmo com toda a vida pela frente, não quiséssemos mais viver.

O mais assustador de tudo talvez fosse o fato de que Jill tinha só a si mesma para culpar, por ter rejeitado primeiro seu admirador. Amor como punição, como escárnio e crueldade. O terror daquilo.

Na obra de Dickens, é claro, onde esse tipo de coisa acontecia o tempo todo, tudo teria sido acertado no fim. Teria havido uma profusão de sofrimento, uma profusão de problemas e mal-entendidos. Mas, ainda que tenha chorado naqueles trechos, você sabia que estava no caminho para um final feliz e se sentia aliviado.

Não é de admirar que eu amasse Dickens naquela época. Não é de admirar que hoje eu não consiga ler sua obra.

Muito tempo depois de ter deixado a escola, decido ler *Nosso amigo em comum* pela primeira vez. Esperando o velho arrebatamento, fico arrasada por sentir... tédio. Mas isso acontece: escritores que já significaram tudo para nós nem sempre nos emocionam mais da mesma maneira.

Ou o problema teria a ver com o conhecimento que eu não possuía antes: a triste revelação para o filho Charley de que os personagens infantis que o pai criara eram muito mais reais para ele que aqueles de carne e osso. Sua famosa crueldade para com a esposa, de quem continuou abusando mesmo depois de a ter trocado por uma atriz adolescente.

O mundo está repleto de Dickens.

E o meu Charles? Que tipo de homem se tornou? Gentil? Mau? E do que ele se lembra daquela época, se é que se lembra?

A última notícia que tive sobre Larry foi que ele se alistou, assim como tantos outros garotos que eu conhecia naquela época. (Como sua pulseira de identificação chegou às minhas mãos é uma história diferente, outra história de amor, embora não seja o que está pensando.) Minha mãe morreu há cinco anos. A antiga vizinhança. Chamada de cortiço, embora não fosse um cortiço. Chamada de gueto, embora não fosse um gueto.

Por mero capricho, pesquiso no Google o bairro onde morei até os dezessete anos. Sob o título "Você está pensando em morar em...?", as "estatísticas oficiais":

Transporte: ruim. Rotina diária: ruim. Segurança: ruim. Saúde: ruim. Esportes e lazer: ruim. Entretenimento: ruim. Demografia: ruim.

Entre as últimas a florir estavam as hortênsias. Também conhecidas como hidrângeas: *do jardim*. Mais resistentes que outras flores e muito mais duradouras — quase todo o verão. As que eu via eram na maioria azuis — azul-bebê —, mas havia também brancas, cor de creme, cor-de-rosa e algumas que eram uma mistura de rosa e azul — lavanda ou lilás (há alguma diferença?) —, dependendo do parque.

Mas, como lilás e lavanda também são tipos de flor, não se pode dizer: A hortênsia é lilás, ou A hortênsia é lavanda. Seria como dizer: Aquele gato está com tosse de cachorro, ou Os olhos são seu calcanhar de aquiles. (Eu não inventei isso, li em algum lugar.)

Flores de velhinhas. Cresci ouvindo serem chamadas assim, mas nunca soube por quê. Será que era por causa da cor, como a rinsagem roxa que muitas mulheres usavam para cobrir os cabelos brancos naquela época? Mas, considerando que aquele cabelo roxo era um sinal evidente de velhice, tanto quanto o cabelo branco, a maneira como ele poderia disfarçar tal fato era um mistério para mim.

A propósito, que aroma você sente quando escuta "perfume de velhinha"? Eu imaginaria algo enjoativamente floral. Pensando naqueles abraços de velhinhas que podem fazer uma criança quase sufocar.

Outro mistério: por que tantas pessoas não gostam de hortênsias? Você deve ter visto o vídeo ou ao menos escutado a história: o que aconteceu quando um fã ofereceu à Madonna um buquê dessas flores. Especulações posteriores diziam que a reação extrema dela — *Eu detesto hortênsias*, colocando de imediato o buquê fora de sua visão — podia ter algo a ver com a associação daquelas com senilidade. O horror reflexivo de um símbolo sexual envelhecendo. (Tinha cinquenta e três anos na ocasião.)

Também já não gostei delas. Eu me lembro de vê-las crescendo ao redor das casas e nas beiradas dos gramados, como cachos de uva ou gordos buquês em arbustos voluptuosos, e de ter pensado que, se eu fosse proprietária daquela casa, daquele gramado ou de um jardim, não ia querê-las ali. Eu as substituiria por peônias.

Mas agora, parque após parque, a visão das hortênsias me animou, e tive de me perguntar como pude ter falhado em apreciar a grande beleza delas. (Uma amiga que teve a mesma experiência oferece a seguinte explicação: Aconteceu comigo no ano em que me aposentei. Você atinge certa idade, e tudo entra em ação: Previdência Social, plano de saúde e uma predileção por hortênsias.)

"Uma predileção por hortênsias" parece um título antiquado de livro. E Hortênsia, é claro, parece o nome de uma mulher idosa. Assim como Myrtle. Ou Matilda. Ou Henrietta. (Ouvi recentemente que dar nomes de mulheres idosas a bebês estava na moda.)

Outra amiga minha diz que, onde ela cresceu, os rododendros eram conhecidos como flores de mulheres idosas.

Ao que parece, há uma diferença: lavanda é o roxo puxando para o azul, e lilás é o roxo puxando para o rosa.

"Hortênsia azul", "Hortênsia rosa". Dois poemas de Rilke.

Certa vez escrevi algo em que fiz referência a Madonna, embora eu não me lembre mais do contexto. O editor a cortou, dizendo que não demoraria muito para os leitores esquecerem quem era a cantora. O mesmo editor que, ao saber que o romance que Jonathan Franzen escrevia se chamava *As correções*, disse: Esse é um título terrível. Vai vender três exemplares.

Aquele chiqueiro é uma pocilga. Ele usa a cadeira de rodas como muleta.

Ela detestava hortênsias!

Peônias ainda são minhas flores favoritas.

Durante o tempo em que eu *vagava* pela Manhattan confinada, Colm Tóibín vagava por Veneza — a cidade mais bonita do mundo sendo então a mais bela cidade fantasma —, onde o seguinte pensamento lhe ocorreu: "Um dos assuntos sobre os quais se pode refletir no início da velhice é como a vida é injusta".

Realmente. *Ele* tinha de estar em Veneza.

O que chega ao fim da vida para muitos escritores, de acordo com J. M. Coetzee, é: "um ideal de linguagem simples, moderada e sem ornamentos e uma concentração em questões de importância real, até mesmo de vida e morte".

T. S. Eliot, ao ouvir os últimos quartetos de cordas de Beethoven: "Há uma espécie de alegria celestial, ou ao menos mais que humana, em algumas de suas últimas obras que se imagina que possa surgir como fruto da reconciliação e do alívio após imenso sofrimento; eu gostaria de pôr um pouco disso em versos antes de morrer".

Observe que Beethoven, embora estivesse no fim da vida, tinha apenas cinquenta e poucos anos quando escreveu a música que inspirou Eliot, que tinha mais ou menos a mesma idade quando compôs *Quatro quartetos*, mas viveu até os setenta e seis anos.

Eu poderia chamá-la de Rosa, Violeta ou Amarílis.

A primeira de nós a casar. A primeira a ter um bebê. A primeira a morrer.

Amarílis.

Para nós, o funeral dela também seria um reencontro. Assim como imagino que seja a maioria dos funerais.

Na reunião após o enterro, na casa onde agora morava sozinho, o marido dela nos contou como, por algum tempo, ela estava convencida de que algo lhe ocorria. Nada ruim, o homem disse, mas algo estranho.

Ela era supersticiosa. Sempre fora supersticiosa, acreditava em sinais. Por que pessoas com as quais não teve contato por anos a procuravam agora? Em um dia, mensagens de dois homens diferentes, disse o marido, namorados da juventude. Sonhei com você, disse um deles. Seu rosto simplesmente surgiu na minha cabeça, disse o outro. Uma carta manuscrita de uma amiga de infância de quem Amarílis mal se lembrava. Em todos esses anos aquilo tem pesado sobre mim, a pessoa escreveu. Deixei você levar a culpa quando a culpada, de fato, era eu. Isso em razão de algum incidente mesquinho de que a esposa não tinha a mínima recordação, disse o marido. Ela se lembrava muito bem, porém, do velho conhecido que lhe tomara cinquenta dólares emprestados e desapareceu sem devolver. E então aquele homem também apareceu, enviando as mais profundas desculpas com um cheque!

Sonhos, disse o marido de Amarílis. Ela tinha parado de se recordar de seus sonhos havia muito tempo. Exceto por alguns casos raros, não tinha memória alguma do que sonhara, nem mesmo fragmentos; as noites dela poderiam muito bem terem sido sem sonhos. Se acordasse durante a noite, asseguraria que estivera em meio a alguma paisagem ou evento onírico, mas nenhum esforço mental poderia fazê-los ressurgir.

Isso a preocupava, disse ele. Não era apenas um sinal de envelhecimento — isso não acontecia com todo mundo —, mas e se fosse alguma deficiência relacionada à idade? E se fosse um sinal precoce de Alzheimer?

Então isso mudou, disse o marido. Todas as manhãs, sem exceção, ela acordava com uma memória clara de determinados sonhos. Não era o conteúdo dos sonhos que a interessava. Era o mesmo tipo de sonho que sempre teve, que todo mundo tem, a maioria deles absurdos incoerentes que, por mais fascinantes que pudessem parecer para os sonhadores, quando narrados no café da manhã só aborreciam quem os ouvia.

Ela não tinha interesse em significados ocultos, disse o marido. A interpretação dos sonhos como ferramenta clínica sempre lhe pareceu uma prática questionável, para não dizer desonrosa. Então não era o que ela sonhava, mas a clareza e a vivacidade do que mais tarde se recordava, explicou o marido. Não apenas um ou dois elementos, mas cenas elaboradas, pequenas peças de um ato, ricas em detalhes. E, fosse qual fosse a razão para tal mudança, era isso que ela teria gostado de saber.

E então, na última semana, começou a sentir cheiro de coisas, contou ele. Você não sente o cheiro disso?, perguntava Amarílis, farejando o ar. Sempre o mesmo tipo de cheiro, de algo cozinhando. Como rabanada, descreveu ela. Sentia cheiro de canela e manteiga queimada. E agora, lutando não apenas com a perda, mas com os arrependimentos que com bastante frequência atormentam os enlutados, ele se espantava que, na época, tivesse feito tão pouco disso. Será que ele — e ela também — teria ficado mais alarmado se o cheiro fosse ruim, repugnante?

Não teria feito diferença, disseram-lhe; àquela altura, nada poderia ter sido feito.

Teria feito uma diferença enorme!, disse ele, fechando os punhos de maneira impensada. Teríamos tido ao menos um tempo para nos preparar. *Teríamos tido tempo para nos despedir.*

Ele parecia desgrenhado, apesar do terno preto, da camisa branca e da gravata preta bem passados. Mais cedo, havia falado durante a cerimônia, e, embora tenha sido naquele silêncio denso característico das casas funerárias, a voz dele era tão frágil que tivemos de nos esforçar para ouvir.

Nenhuma de nós o conhecia bem. Seus filhos, nem sequer tínhamos visto antes. O mais velho, um rapaz, abria caminho pela sala de estar lotada, com seu próprio filho pequeno na cintura, agradecendo a presença de todos. A filha sentou-se conosco, a cadeira posicionada perto da de seu pai. Eles ainda estavam naquele estado de choque que a morte repentina de um ente querido provoca. Era como se minha mãe, enquanto andava e fazia o que precisava ser feito, estivesse na verdade inconsciente, disse a filha de Amarílis.

A última vez que estive aqui foi nas festas de fim de ano, disse ela, e notei algumas mudanças no comportamento de mamãe. Por mais que as adorasse, mamãe sempre considerou essas festividades estressantes, e a virada de mais um ano tendia a deixá-la melancólica. Mas no último ano foi diferente, ela não parecia nem um pouco estressada ou melancólica, ao contrário, parecia... despreocupada.

Houve momentos, porém, em que a flagrei olhando ao redor como se estivesse surpresa ao se encontrar onde estava, embora fosse sua casa havia trinta anos. Mas esses momentos foram raros e tão breves que achei que eu talvez estivesse interpretando mal ou mesmo imaginando, disse. Além disso, eu estava desatenta. Meu filho mais novo tinha começado a ir mal na escola, e um funcionário da minha empresa estava nos processando por discriminação, então eu mesma me sentia um pouco estressada.

Sempre que eu vinha para cá, em geral reservávamos uma tarde para passear, e foi aí que notei outra questão, disse a filha de Amarílis. Mamãe parava seguidamente para apontar coisas

— luzes de Natal na casa de um vizinho, nuvens, esquilos correndo —, como se nunca as tivesse visto. Isso me lembrou das vezes em que saía com as crianças e tudo, até mesmo as coisas mais comuns, a deixava boquiaberta.

Outra coisa era o jeito como ela ria, disse a filha de Amarílis. Não me refiro à risada normal, mas à maneira como ela ria sem motivo, ou ao menos sem nenhum que pudéssemos definir. Alguém fazia uma observação que não tinha nada de engraçado, e mamãe movia a cabeça e ria. Não que ela não tivesse senso de humor, mas nunca foi de rir com facilidade. Não era o que se chamaria de pessoa alegre, seu humor estava sempre no lado sardônico.

Papai também notou, disse ela, enquanto dava tapinhas na mão dele.

Mas nenhum de nós tocou no assunto, disse ele. Somente não planejamos dar muita importância àquilo.

Fez-se silêncio, durante o qual se percebeu que cada um reconhecia e procurava amenizar os sentimentos de culpa do outro.

O marido de Amarílis disse: O comportamento dela era esquisito, mas também era inofensivo, encantador até, uma parte dele. E, se não tivesse sido assim, se ela não parecesse perfeitamente feliz... para não dizer, de acordo com os resultados de sua última avaliação física, perfeitamente saudável...

Ela estava bem!, a filha o interrompeu. Ainda ia trabalhar todos os dias, não havia nem sinal de problema ali, disse ela, seu olhar atravessando a sala para se deter em um homem grande de cabelo grisalho despenteado servindo-se de sanduíches e bolo de semente de papoula: o diretor da editora de livros didáticos onde Amarílis trabalhara grande parte da vida (e com quem, eu me recordava, no tempo em que ele ostentava cabelo preto despenteado, ela teve um caso secreto). Ela ainda participava de seu clube do livro, ainda era docente voluntária no zoológico local.

Mas algo deve ter acontecido, disse o marido. Porque foi ela quem finalmente anunciou que deveria consultar o médico. Ela não disse por quê, exceto que não era mais ela mesma.

Eu não sou mais eu mesma, disse ela. Não consigo explicar, mas não sou mais eu mesma.

Marcou uma consulta para a manhã seguinte.

Eu estava lá embaixo esperando, ele nos contou. Havia tirado o dia de folga, planejava ir com ela.

Quando chegou a hora de saírem de casa e ela não apareceu, ele subiu. Então fez uma pausa no relato, movendo a cabeça. Cobriu os olhos com a mão.

Ela não estava pronta para sair, não estava nem vestida, ainda usava roupão. Erguia os braços, disse ele, posicionando-os como se dançasse com um parceiro. Valsava ao redor do quarto. Os olhos dela estavam abertos, mas era óbvio que não me via. Estava em outro lugar. E cantarolava um pouco, bem baixinho.

Não parecia estar sob nenhum tipo de sofrimento, disse ele. O rosto estava relaxado, com um sorriso sonhador.

Podem ter passado apenas segundos entre o momento em que ele a viu e o instante em que disse o nome dela.

Foi como se eu tivesse atirado nela, disse.

Ela não desmoronou, da maneira como uma pessoa costuma fazer quando desmaia. Desabou como uma árvore cortada.

Não sou supersticiosa. Não acredito que tenham sido sinais. (Eu me referia às pessoas do passado que do nada entraram em contato com Amarílis.) Foram apenas coincidências, falei.

Uma coincidência não pode ser um sinal?, perguntou Rosa.

Nós três estávamos no bar da pousada onde cada uma havia reservado um quarto para pernoitar. Música ao vivo no fim de semana. Às sextas-feiras, folk; aos sábados, jazz. Era sexta, e, por uma comovente coincidência, aconteceu que o pano de fundo da nossa conversa incluísse algumas canções que a própria Amarílis cantava na sua juventude... na nossa juventude — quando nós nos conhecemos, e o sonho dela era ser a próxima Joan Baez ou Judy Collins.

Se você perder o trem em que estou...

Eu não me importei com isso, Rosa não se importou, mas Violeta, sim.

Se não estivéssemos em uma cidade estranha, disse ela, eu insistiria para irmos a outro lugar.

Violeta e Amarílis foram colegas de quarto no ano em que éramos calouras.

Na verdade, continuou ela, muitas vezes é assim que a vejo quando penso no passado: sentada na cama, curvada sobre o violão, todo aquele cabelo cascateando sobre si. (Era uma das características marcantes de Amarílis: ela não cortava o cabelo desde os dez anos, uma aparência que com frequência atraía olhares, mas entupia os ralos do chuveiro do dormitório.)

Tinha uma voz linda, embora mal soubesse tocar, disse Violeta. Eu sempre queria gritar para ela parar. Às vezes eu pedia isso — de um jeito simpático —, e ela se magoava. Sabem como ela poderia fazer você se sentir um monstro, com sua aparência de menina de olhos grandes e aquela infância sem mãe de que tanto ouvimos falar sempre no ar.

Era verdade. Era como se uma nuvem de chuva a seguisse aonde quer que fosse. Não que ela fosse literalmente órfã de mãe, mas a mãe dela fora criminalmente — literalmente — negligente, tendo sido, também literalmente, mesmo que apenas por determinados períodos, mentalmente doente. E era verdade: se você não tratasse Amarílis como uma criança sensível, você se sentia um brutamontes.

Vocês acham que o marido dela sabia sobre todos os outros homens?, perguntou Rosa.

Todos os outros homens, disse Violeta. Você a faz parecer uma prostituta. Eram, sei lá, dois ou três. Talvez quatro.

Mas isso é muito para um casamento, não?, questionou Rosa. Ao menos para uma mulher? Para uma esposa?

Violeta disse que não fazia ideia do que o marido de Amarílis sabia. Nem do que era muito para um casamento.

Com quem ela estaria dançando?, perguntou Rosa.

Ah, Rosa, disse Violeta.

Danse macabre. Foi o que me veio à mente quando o marido descreveu a cena. Esqueletos dançantes levando pessoas até os túmulos. A morte aparecendo, fazendo uma reverência: Me concede esta valsa?

A propósito, disse Violeta, ele mentiu. Amarílis não usava roupão. Ela não usava nada.

Ficou sabendo disso por outra amiga dela que era próxima da família de Amarílis.

Pensei no marido cobrindo os olhos com a mão antes de contar a história e tive vontade de chorar.

O marido de Violeta era neurologista. Havia explicado a ela — e ela a nós — como aquilo pôde ter acontecido: o tumor insuspeito, os sintomas idiossincráticos, a explosão na cabeça de Amarílis.

Lembram quando ela engravidou pela primeira vez, disse Rosa, e como ficou chateada por não ter certeza de que ele era o pai?

Sem dúvida lembrávamos. Mas então o bebê acabou sendo a cara dele.

E a filha, observei, era a mãe cuspida e escarrada.

Por que diz isso?, perguntou Violeta.

Porque é verdade. Não acha?

Não, quero dizer, por que diz cuspida e escarrada?

Porque é assim que se fala.

Mas a expressão está errada. O certo agora seria dizer esculpida e encarnada.

Só que ninguém fala assim.

Cuspida e escarrada soa errado agora. Na verdade, soa idiota. Por que você não alcança o resto de nós aqui na era moderna?

Esculpida e encarnada também soa idiota, disse Rosa. Isso não faz sentido. Por que algo seria esculpido e encarnado?

Esta é uma conversa estúpida, disse Violeta.

Foi você quem começou!, Rosa e eu dissemos em uníssono.

Sim, e é você quem está dando grande importância a isso, continuei.

Por que está tão irritada?, perguntou Rosa.

Porque uma pessoa que eu amava muito jaz em um buraco frio e escuro no chão e nunca mais a verei.

Aplausos. A cantora terminou a apresentação. Ela parecia tão jovem quanto uma colegial e não se vestia como cantora folk, mas como uma *chanteuse*: vestido de noite vermelho brilhante, cabelo loiro platinado preso em um coque alto. A voz dela não era excepcional, mas tinha um entusiasmo comovente e arrebatador. Embora fosse uma noite de sexta-feira, quase metade das mesas estava vazia, e ela parecia cantar mais para si mesma do que para nós, como os artistas muitas vezes fazem quando contratados apenas para fazer música ambiente.

Descansou o violão em uma cadeira e atravessou o salão até o bar; o atendente naquela noite era um jovem cuja aparência havia chamado nossa atenção mais cedo, ao sentarmos. É raro que o pescoço seja uma das primeiras coisas que você note em uma pessoa. O dele era uma coluna musculosa saindo de uma camisa preta solta de cetim com decote em V. Tinha a cabeça cheia de pequenos cachos pretos, bigode aparado e grandes olhos escuros e luminosos que combinavam com a camisa. Uma aparência fanfarrona.

O único cliente no balcão era um idoso de jardineira sentado em uma das pontas, de costas para o salão, absorto em um programa de TV.

Observamos enquanto a cantora sentou em um banquinho e se inclinou tanto sobre o balcão que seus pés saíram do chão. O bartender a agarrou pela cintura, puxou-a para si, e trocaram um beijo interminável.

Foi uma exibição tão íntima que fomos arrebatadas. Então um silêncio saudoso caiu sobre nossa mesa, e ficamos paradas por um momento: caladas, lembrando.

Na manhã seguinte, sentamos juntas novamente, dessa vez a uma mesa no salão de café da manhã. Agora éramos cinco. Jasmim, que tinha vindo para o funeral direto de uma viagem ao exterior, fora muito afetada pelo *jet lag* para estar conosco na noite anterior. Camélia, que morava no mesmo condado, não estava hospedada na pousada. Havia dirigido para casa ontem após o funeral e voltado hoje para se reunir conosco.

Estávamos abatidas. Assim que terminássemos o café da manhã, cada uma de nós seguiria um rumo diferente sem a mínima ideia de quando poderíamos nos rever.

Jasmim estava incomodada com alguns problemas.

Problemas familiares, disse. Não gostava de falar sobre isso.

Mas, uma vez começado, o assunto veio em uma avalanche.

Jasmim tem uma filha de trinta e oito anos que se casara recentemente com uma mulher mais velha, mãe de quatro filhos adultos, um dos quais ainda estava na faculdade, até então (o terceiro ano letivo) saindo-se cada vez melhor.

No semestre passado, contou Jasmim, em uma festa de Halloween, o rapaz conheceu uma garota, ou, melhor dizendo, uma jovem mulher, embora ela tivesse apenas dezoito anos, e os dois terminaram a noite no quarto dela no alojamento da universidade. Quando chegaram lá, puseram música alta — por uma questão de privacidade, explicaram mais tarde, porque as paredes eram tão estreitas que dava para ouvir a pessoa do outro lado bocejando.

De acordo com a moça, continuou Jasmim, em determinado momento ela pediu para ele parar. Mas o enteado de sua filha não parou, porque não a ouviu, disse ele. Em meio à música alta e à própria respiração pesada, ele não a ouviu, disse ele. E ah, contou Jasmim, eu deveria ter dito que tudo indicava que os dois estavam bêbados.

Depois daquilo, disse Jasmim, a mulher não sabia mais o que pensar. Por dentro, sentia que havia sido agredida. Era verdade que ela só havia pedido uma vez para ele parar. Mas foi porque não adiantaria pedir de novo, era tarde demais, disse a jovem mulher. Mas também pensou que ela mesma poderia ter sido a culpada. Naquela noite, pediu que ele a amarrasse, o que ele fez. Pediu que batesse nela, e ele bateu. Então ele pode ter pensado que ela queria que ele usasse a força, o que não significava sim, e de fato não queria que ele parasse. Exatamente o que se passou com uma amiga do ensino médio da moça, Jasmim disse que a jovem disse.

Mas, conforme a jovem mulher explicou mais tarde aos investigadores do caso, embora quisesse que ele a amarrasse e batesse nela, não queria ter relações sexuais com ele — disso ela tinha absoluta certeza —, havia deixado claros os seus sentimentos e não acreditou no rapaz quando ele disse que não tinha ouvido.

Ele ouviu *alguma coisa*, disse ele aos investigadores do caso. Um gemido. Ao menos foi o que pensou ter sido. Um gemido que queria dizer sim.

Acontece que, contou Jasmim, ele usava camisinha. A mulher o observara colocar a camisinha, disse ele. Ela não dissera nada, no entanto. Não dissera nada no momento, deitada na cama, vendo-o colocar a camisinha: Não quero ter relações sexuais com você.

Disseram a ele que aquela era uma péssima desculpa, ou melhor, que não era sequer uma desculpa. Teria sido melhor se não tivesse tocado nesse assunto. Foi lembrado que, no início do ano letivo, recebera as diretrizes de conduta sexual apropriada que a universidade havia estabelecido e as quais todos os alunos deveriam seguir. Não se encosta o dedo em outra pessoa sem pedir permissão. Mesmo que envolvido em atividade sexual com o consentimento de outra pessoa, não se presume nada. Deve-se primeiro perguntar, deve-se obter permissão verbal para cada ato de comportamento sexual, incluindo preliminares, cada movimento, cada toque.

Ele fora informado, assim como todo mundo. Mas não seguira as diretrizes.

Queria dizer que a mulher não havia pedido permissão para vir atrás dele na festa enquanto ele conversava com outra mulher, passar os braços pela cintura dele e apertar os seios e a pélvis contra as costas dele. Mas imaginou que, assim como a menção ao preservativo, isso só pioraria as coisas para ele.

No momento, contou Jasmim, aguardavam uma deliberação final de algum tipo, e a situação permanecia sem solução. Mas o enteado de sua filha, no entanto, fora suspenso e podia até mesmo ser expulso. A história, ou as várias versões dela, algumas com acréscimos pitorescos, se tornou pública, e, antes de deixar o campus, ele precisou suportar uma boa quantidade de assédio — pessoas levantando a voz quando falavam com ele: *Ouvi dizer que você tem problemas de audição, haha*, esse tipo de coisa, relatou Jasmim.

Mas foi muito pior para a jovem, que agora estava sujeita a zombarias implacáveis, disse Jasmim, muitas delas obscenas e assustadoras, como esse tipo de escárnio sempre é. Incapaz de concluir as disciplinas ou realizar as provas finais, ela também havia trocado o campus por sua casa, onde, segundo seus pais, estava em tratamento para depressão.

Se ele for expulso por assédio sexual, a vida dele estará acabada, o rapaz fica dizendo à mãe; ele também pode se matar. Ela tentou prepará-lo para o pior, ao mesmo tempo que tentou convencê-lo de que superariam isso de alguma forma, que a vida continuaria e que, aconteça o que acontecer, ela o apoiaria.

Infelizmente, disse Jasmim, o pai dele não sentia o mesmo. Era um homem antiquado, bastante conservador, filho de um rabino, e desde o início não expressara nada além de indignação. Ele não se importava com o que a jovem mulher havia feito, dito ou pedido, não se importava com o tipo de pessoa que ela era; um homem que se comportasse como o filho havia se comportado era um homem desonroso, indigno de qualquer empatia. Pegar uma estranha assim e pular na cama com ela — afinal, era uma festa universitária ou uma orgia? Amarrá-la, bater nela... quem faria isso? Era uma garota de dezoito anos. Nunca lhe passara pela cabeça que um filho seu pudesse crescer e se tornar um homem assim. Um canalha. Uma desgraça.

Após se apaixonar pela filha de Jasmim e lhe dar a notícia de que o estava deixando, a esposa se sentiu grata pelo marido, embora chocado e magoado, ter aceitado a situação com elegância, contou Jasmim. Ajudou o fato de quase imediatamente ele ter começado a sair com outra pessoa, com a qual mais tarde se casou, e, depois que a ex-esposa também se casou, e apesar de se manter firmemente contra o casamento entre pessoas do mesmo sexo, conseguiu manter um relacionamento cordial com ela. Afinal, eles haviam se amado muito no passado, explicou Jasmim, e ela era a mãe de seus filhos. Três filhas já tinham saído de casa, e o mais novo, o único menino, começou a dividir o tempo entre a casa da mãe e a do pai.

Mas agora aquela paz fora rompida, disse Jasmim. Agora os olhos do pai foram abertos. Agora ele entendia o que poderia acontecer quando uma criança era exposta à iniquidade de duas mulheres que viviam em matrimônio. Não é de admirar que o filho tenha perdido sua orientação moral. Não é de admirar que tenha acreditado que tudo era permitido. Seu pai deveria saber, nunca deveria ter tolerado isso. Esse foi seu castigo. Seu filho, seu único filho, estava arruinado.

O canalha é *ele*, interveio Camélia.

Jasmim balançou a cabeça. Ela não conseguia deixar de se sentir tão mal por ele quanto por todos os outros envolvidos, disse ela. O homem amava seu filho, sempre sentiu tanto orgulho dele, especialmente porque o rapaz estava indo muito bem nos estudos. Agora o escândalo havia acabado com ele.

Às vezes eu gostaria de nunca ter ouvido nada sobre isso, disse Jasmim. É egoísmo, eu sei, mas, como realmente não há nada que eu possa fazer, acabo me sentindo triste e impotente e querendo apenas tirar isso da cabeça. Foi bom ter fugido, me distraído um pouco. Bem, vocês sabem que as coisas estão bem ruins quando um funeral parece uma fuga.

Mas eu precisava ver todas vocês, ela concluiu satisfeita.

Ela não disse, e nós não perguntamos, se acreditava ou não na versão do enteado de sua filha sobre o ocorrido.

Então Camélia contou uma história, que era para ser engraçada, sobre uma mulher que tinha ficado tão chapada antes de fazer sexo que não conseguia se lembrar da palavra de segurança.

A ideia de palavras de segurança sempre me confundiu, disse Rosa. Por que você precisaria definir em conjunto uma cor ou uma fruta — ao que parece, cores e frutas são as palavras de segurança mais populares — quando poderia simplesmente dizer pare?

Silêncio.

Estou perguntando, disse Rosa, por que dizer vermelho é uma maneira melhor de dizer pare do que pare?

Bem, ob-vi-a-men-te, disse Camélia prolongando a palavra, porque, durante o sexo, parar pode fazer parte da encenação — como uma falsa resistência, entendem? Já ouviram falar disso? Que a pessoa diz pare, mas não quer realmente dizer isso? Mas, se diz vermelho, ela quer que pare. E é claro que pare *pode* ser a palavra de segurança, só que algumas pessoas gostam de usar um sinônimo.

Sinônimos, disse Jasmim. Isso sim é bizarro.

Por que frutas?, era o que eu me perguntava.

"Esquecendo a palavra de segurança", murmurou Violeta, que trabalha no mercado editorial e sempre está pensando em títulos de livro.

Rosa continuava confusa. Mas se pare *não* pode significar pare, por que vermelho não pode significar vermelho? Você diz pare, pare!, e o parceiro pensa: Ah, mas você não quis dizer isso, vadia, você quis dizer mais, muito mais! O que os impede de decidir que vermelho também significa mais?

Imagino que, de vez em quando, uma coisa dessas possa acontecer, disse Camélia, sussurrando de maneira exagerada. (Rosa havia levantado a voz para enfatizar seu ponto de vista, atraindo os olhares irritados do casal de idosos na mesa ao lado.)

Então penso em algo que eu tinha lido havia um tempo: uma história escrita na década de 1950 na qual a narradora lembra como, quando criança, morando em uma vila rural várias décadas antes, acordou assustada uma noite com o dobrar dos sinos da igreja e a casa em alvoroço. O celeiro de um vizinho pegava fogo. A criança, deitada na cama, ouvia pela porta do quarto aberta o barulho do corre-corre de vários parentes com quem morava. De vez em quando, alguém espiava e dizia para ela voltar a dormir. Não há nada a temer, garantiu-lhe uma tia. "Os homens cuidarão disso."

O que me fez hesitar. Aquela frase, eu disse. "Os homens cuidarão disso." No início, eu não tinha certeza do motivo, mas então percebi que era porque soava arcaico. Parecia estranho. E me surpreendeu o fato de eu não estar acostumada a ler qualquer coisa sobre homens que os colocasse sob uma luz nobre — ou mesmo decente.

Não que fosse assim na vida real, eu disse. A maioria dos socorristas são homens, e mais do que nunca tendemos a transformá-los em heróis. Um policial é morto no cumprimento do dever e é chamado de mártir. Mas agora, quando os homens aparecem na ficção, geralmente estão ali para ser criticados ou denunciados por alguma coisa. A única coisa para a qual você nunca está preparada é ouvir que os homens farão a coisa certa.

Acho que você está exagerando, disse Violeta. Mas é verdade que as coisas mudaram. Homens sendo perigosos — isso sempre foi fundamental para a literatura. Mas nunca houve essa atenção incessante neles como egoístas, sem noção e abusivos quase por natureza. Antes, um homem podia ser misógino e algo mais, algo admirável, até valente. O pior mulherengo podia ter uma série de boas características, incluindo fortes qualidades morais. Isso não parece mais ser crível.

Mas não foram somente as mulheres que escolheram mostrar os homens sob uma luz ruim, disse ela. Vejo a mesma coisa na maioria dos manuscritos criados por homens que leio agora. E, muitas vezes, se não for um monstro completo, o personagem masculino branco é ao menos um merda, um trapalhão, um perdedor ou algum tipo de cretino. E agora os escritores do sexo masculino se esforçam para enfatizar a superioridade de suas personagens femininas. Vejo o mesmo modelo livro após livro: QI elevado, personalidade grandiosa, propósito moral firme, sagacidade impressionante. E o truque é demonstrar que ela também é muito atraente, ainda que sem nunca a desrespeitar. Seria engraçado se não fosse tão chato. Mas a verdade é que nenhum homem hoje tentaria criar uma Emma Bovary ou uma Anna Kariênina.

É como a nova imagem dos padres, continuou. Se um padre ou outro clérigo aparece na mesma página que uma criança, eu já me preparo. E não sei dizer quantas histórias vejo agora que tratam seriamente da questão de como estaríamos melhor em um mundo sem homens.

Jasmim disse: Tive uma reação semelhante ao assistir a um documentário sobre *Mister Rogers' Neighborhood*.* Pensei: E se hoje alguém quisesse criar um programa de TV assim? O último tipo de ser humano que se escolheria como a personificação da bondade, da justiça e da decência, ou como alguém que pudesse oferecer às crianças um senso de inclusão e segurança, seria um homem branco heterossexual caracterizado com o clássico figurino sem graça.

E ele era clérigo, acrescentou Violeta. Sem mencionar republicano de carteirinha.

Camélia deu uma risadinha. Como passamos de palavras de segurança para Mister Rogers?

Rosa, professora universitária, disse: Uma aluna certa vez escreveu em um trabalho que teria uma atitude diferente em relação à mortalidade se tivesse nascido homem, porque assim, entre aspas, eu sempre teria conseguido o que quisesse na vida. Quando apontei que isso não era verdade, que não era apenas hiperbólico, mas completamente falso, ela bateu o pé.

* Criado por Fred Rogers, *Mister Rogers' Neighborhood* foi um programa infantil da TV estadunidense muito popular na década de 1960. Tom Hanks interpretou Rogers no filme *Um lindo dia na vizinhança* (2020). [N.T.]

Mas os homens têm todo o poder, ficava dizendo. Bem, tenho quatro filhos homens adultos, e nenhum deles chegou perto de conseguir tudo o que queria na vida.

Então Rosa disse para mim: Não li a história, mas acho que foram os homens que cuidaram do incêndio. Teria sido o resultado esperado, uma cena completamente realista, as mulheres permanecendo em casa com a criança e os homens combatendo o fogo sem que ninguém questionasse que era isso que deveria acontecer.

Fiz que sim com a cabeça, e ela continuou: Talvez seja porque venho de uma família militar (gerações da família de Rosa haviam servido, com vários membros alçados a cargos elevados), mas acredito que, sejam lá quem forem, os homens são corajosos. Não revire os olhos! Só estou dizendo que existe uma forma de coragem própria dos homens, e, por mais que haja exceções, faz parte do caráter masculino querer cuidar dos mais vulneráveis. Dependi dessa qualidade nos homens e me beneficiei dela. Todas nos beneficiamos. Eu me sentiria tão segura nas mãos de uma cirurgiã ou de uma piloto quanto nas mãos de um homem em uma dessas profissões? Sem dúvida. Mas odiaria estar em uma situação de perigo, como em uma casa em chamas ou em algum desastre natural, sem homens por perto.

Mas você não pode negar, disse Camélia, que boa parte do perigo no qual as pessoas se encontram é *causado* por homens.

É verdade, concordou Rosa. Mas também sei que muitas vezes, quando me reconforto na presença de homens, isso tem a ver com a masculinidade deles. E, quando criança, eu sempre soube que havia uma diferença entre a maneira como minha mãe poderia me proteger e a maneira como meu pai o faria. Não há mulher que possa me fazer sentir segura como meus filhos fazem, ou como meu marido faz, mesmo que ele não seja mais jovem. O que não significa que eu não fique constrangida quando ele diz "as damas primeiro" toda vez que abre a porra de uma porta para uma mulher qualquer ou quando não entende que é ofensivo dizer que mulheres falam demais. Fazê-lo reconhecer uma atitude sexista tem sido na maior parte do tempo uma batalha perdida, admito. Graças a Deus, meus filhos foram bem mais fáceis de ensinar.

Então Camélia nos contou como, na semana anterior, seu ex-marido se encrencara por presentear uma assistente com rosas no Dia de São Valentim.

Isso foi uma estupidez, disse Violeta. O que passava na cabeça dele?

Não passava nada, respondeu Camélia. Ele estava a caminho do escritório quando viu que a banca de jornal em frente ao prédio vendia rosas e achou que seria um gesto bonito. Também não foi a assistente quem reclamou. Foi outra mulher, uma das sócias, aliás, quem denunciou o ocorrido. Então ele foi acusado de conduta imprópria e, longe de estar arrependido, está furioso. Ele disse que se lembrava de estar no ensino fundamental, contou Camélia, e de como as crianças da classe mandavam cartões de Dia de São Valentim umas às outras — havia até uma caixa de correio especial montada pela professora em um canto da sala. Lembrou que essa também era uma tradição quando nossos filhos estavam no ensino fundamental. Ele pesquisou no Google e descobriu que essa ainda é uma prática comum entre as crianças nessa data. Não se trata de crianças se assediando sexualmente, disse ele, mas de uma demonstração de amizade! Eu disse: Querido, não estamos falando de crianças e não estamos falando de amigos, estamos falando de você e de uma jovem que trabalha para você.

Certa vez vi uma coisa impressionante no Dia de São Valentim, falei. Na calçada em frente a um prédio residencial, um vaso em pedaços e uma dúzia de rosas espalhadas.

Alguém estava puto da vida, disse Camélia.

O que implica dizer, questionou Rosa, nossa teimosa Rosa, que o mundo seria melhor sem os homens? As mulheres são menos violentas, mas e todas as outras características perversas, como racismo, ganância e narcisismo maligno? Ainda haveria muito disso tudo.

Ah, não sei, disse Camélia. Somente para ter menos violência — menos belicismo, menos derramamento de sangue, menos crimes —, isso não seria ótimo?

Odeio estar à mercê da força masculina, disse Jasmim. Uma janela emperra, e preciso chamar o zelador. Quando você mora sozinha, esse tipo de coisa acontece o tempo todo. E, todas as vezes, odeio minha fraqueza de mulherzinha. Leve embora a força masculina e o mundo para.

Camélia disse: Já morei com um cara que, toda vez que tomava banho, fechava as torneiras com tanta força que, quando eu ia tomar banho, não conseguia abri-las. Ele era empreiteiro, e eu ligava para ele no trabalho e exigia que voltasse para casa e abrisse a porra das torneiras, e é claro que ele não voltava — não podia simplesmente deixar o trabalho assim, dizia. Ele prometia ser mais cuidadoso dali em diante, mas sempre se esquecia.

Este é o problema com os homens: eles estão sempre se esquecendo, disse Jasmim.

Outro dia, contei, tive de descer para pedir ao porteiro que abrisse um pote de vidro. Ele notou que eu não estava feliz com aquilo e disse: Você acha que é a única moradora que vem aqui me pedir a mesma coisa?

Por que você simplesmente não compra um daqueles abridores de tampa?, disse Camélia. Como se chama mesmo?

Dispensa marido, disse Rosa. Não me olhe assim. Não fui eu que criei o nome.

Ai, meu Deus, a hora!, disse Jasmim. Tenho que pegar o avião e ainda não arrumei a mala.

Rosa tem razão, disse Violeta. Um mundo sem homens não seria uma utopia ou uma sociedade ideal. Ainda haveria hierarquia, isso é inevitável. Ainda haveria um grupo tentando dominar todos os outros, pois essa é a natureza humana. Ainda haveria muitas crianças abusadas. Por outro lado, não consigo imaginar a "bota pisando em um rosto humano para sempre" de Orwell em um pé feminino.

Mas por que continuamos esta conversa ridícula?, indagou ela. Quanto mais sabemos, mais precisamos temer que a raça humana esteja caminhando para a extinção. No entanto, aqui estamos, sentadas discutindo seriamente a fantasia de um mundo sem homens.

E, satisfeita por ter dado a última palavra, fez um sinal ao gerente, que estava do outro lado do salão.

Na verdade, foi ele quem deu a última palavra. Sorriu e balançou a cabeça enquanto depositava a conta na mesa.

Vocês, senhoras, sabem mesmo falar.

Se você perder o trem em que estou...

Quase fui eu que o perdi. Assim como Jasmim, eu havia perdido a noção de tempo durante o café da manhã e precisei correr rumo à estação, chegando lá quando meu trem despontava.

Aquela foi a última viagem que eu faria — a última vez que qualquer um poderia viajar para qualquer lugar — em mais de um ano.

Um percurso longo, quilômetros pelo interior, no qual procurei por sinais da primavera, embora fosse cedo, pois ainda havia neve no chão. Eu estava pensando na viagem para o exterior marcada para a semana seguinte e nas coisas que precisava providenciar antes de partir. No trem, li vários artigos sobre o novo vírus, conhecendo palavras que logo seriam familiares demais — *Wuhan, mercado úmido, confinamento, quarentena* —, e as primeiras dúvidas surgiram. Talvez eu não fizesse aquela viagem na próxima semana no final das contas.

Se Amarílis precisava mesmo morrer, Violeta me disse algumas semanas depois, fico feliz que tenha sido quando aconteceu, e não no meio de... tudo isto.

Não conseguiríamos ter comparecido ao funeral; não conseguiríamos ter passado aquele tempo juntas na pousada. Eu poderia ter acabado em quarentena em um país estrangeiro, como ocorreu com outra amiga minha, que fora com a família visitar parentes na Índia durante o que eles pensaram ser três semanas e, quase um ano depois, ainda não sabiam quando teriam permissão para voltar para casa.

Também me lembro de enviar cartões de Dia de São Valentim para meus colegas de classe no ensino fundamental. A caixa de correio era feita de papelão e embalada com papel de presente estampado com corações. Eu me lembro de que consistia em uma tarefa — éramos obrigados a cumpri-la — e da seguinte regra: toda criança devia enviar a outra criança, gostasse ou não dela, até mesmo àquela que você odiava ou que odiava você, que pudesse tê-lo intimidado ou maltratado, um cartão de Dia de São Valentim. Recebíamos uma lista com o nome de cada aluno. Ninguém deveria ficar de fora. Todos eram iguais, dizia a professora.

Não se pensava nisso, apenas se percorria a lista. Não se questionava o fato de os cartões que sua mãe havia comprado para você assinar e colocar nos envelopes dissessem coisas como *Eu te amo*, *Você é a pessoa mais doce* e *Fica comigo*. Embora você tenha ponderado qual seria o menos amoroso para dar ao menino que vivia chamando você de mestiça e você e sua melhor amiga de sapatonas.

Lembro que havia sempre umas crianças que não tinham cartões para dar. A mãe delas não tinha providenciado porque não tinha dinheiro ou estava muito ocupada, ou por qualquer outro motivo. Essas crianças não eram punidas, ao que me recordo. Apenas ficavam sentadas de cabeça baixa enquanto sobre sua carteira os cartões que o favorito da professora entregava formavam uma pilha. Em geral, eram as mesmas crianças que não tinham dinheiro para viagens escolares (ainda que precisassem vir à escola nesses dias e recebessem alguma tarefa para ocupar o tempo) ou para contribuir com a arrecadação para um presente para a professora.

Não eram todos iguais.

Depois que os cartões de Dia de São Valentim eram distribuídos, vinham as guloseimas: chocolates Hershey's Kisses e aquelas balas em formato de coração gravadas com as mesmas frases românticas escritas nos cartões.

Nosso grupo de escoteiras também recebeu uma tarefa para o Dia de São Valentim: transformar cartolina e fitas vermelhas, lencinhos de renda branca e pequenos sachês em presentes — não para darmos umas às outras, mas para os residentes de uma casa de repouso. Fizemos as prendas em uma de nossas reuniões e, na seguinte, fomos até o local para presenteá-los pessoalmente.

Não era uma tarefa pela qual esperávamos. Não queríamos ir para aquele lugar. Aquelas pessoas... caramba, o que havia acontecido com elas? Que calamidade as havia desbotado, encurvado e encolhido? Todas eram parecidas o suficiente para serem parentes de sangue, mas tão diferentes de nós... não acredito que sejam *Homo sapiens*, disse a sabichona do grupo.

As vozes tristonhas, os tremores, a baba, as bocas mastigando. A menor mulher do mundo sentada em uma cama tão alta — cama hospitalar, devia ser — se aproximou e quase arrancou a prenda das minhas mãos. (Tive muito cuidado para não deixar que suas mãos nodosas tocassem as minhas.) Palhaça: sentiu o perfume e fingiu desmaiar nos travesseiros. Isso a tornou *Homo sapiens*, e rimos.

Depois que as prendas haviam sido entregues, nós nos reunimos na sala de convívio para cantar para aqueles que não estavam confinados à cama. Cantamos "Smile Song" [Canção do sorriso] e "Make New Friends" [Fazer novos amigos], tentando não respirar profundamente. Uma mistura nauseante: o perfume barato dos sachês e o fedor no ar. Na plateia havia alguns que claramente não tinham ideia de que estávamos lá. Estavam boquiabertos, sem ver nada, enquanto outros batiam os pés com chinelo fora do ritmo ou mostravam apreço com sorrisos amarelos sem lábios.

Estava quase concluído. Estávamos quase fora de lá. Logo seríamos capazes de respirar livremente outra vez.

Mas um homem lutou para levantar e se dirigiu até nós. Seu braço direito balançava descontroladamente. Na extremidade do braço: a mão com dedos longos e curvos, como uma aranha cor-de-rosa gigantesca. Ele veio direto até mim — por que eu? —, e a aranha rastejou por meu braço, meu ombro, meu pescoço, meu queixo.

Depois disso, não houve perdão. Imagine como você o fez se sentir, disse minha mãe. Devo ter tido pelo menos alguma noção disso na época. Mas o que me lembro é de como me impressionou mais tarde, bem mais tarde, a leitura do poema em prosa de Baudelaire "O desespero da velha". Uma idosa careca e desdentada fica arrasada quando um bebê que ela deseja abraçar a rejeita, soltando gritos de medo.

Existem determinados aromas talcosos ou enjoativos que podem recuperar aquele momento. O medo. A vergonha. O velho se arrastando tristemente de volta a seu assento. A raiva da minha mãe. Baudelaire.

Há alguns anos, uma aluna minha que pouco conhecia os dias santos cristãos ficou intrigada ao ver pessoas andando com uma sujeira na testa. Como naquele ano a Quarta-Feira de Cinzas havia caído poucos dias depois de 14 de fevereiro, ela disse que achou que devia ser algum tipo de manifestação contra o Dia de São Valentim.

E uma vez, perto do fim de um longo relacionamento, o homem com quem eu morava veio com a ideia de sairmos para jantar em um restaurante chique para comemorarmos o Dia de São Valentim. Em todo o período em que estivemos juntos, ele nunca havia feito uma sugestão como aquela, não era o estilo dele, e a maneira como o fez, gentilmente, olhando para o chão — foi então que tive certeza de que tudo estava acabado entre nós.

Violeta estava errada sobre o número de amantes de Amarílis. Foram mais de dois, três ou quatro. Sempre quis me casar, Amarílis me disse certa vez, mas nunca ficar com somente um homem. Sempre lhe pareceu errado esperar que alguém permanecesse fiel a uma pessoa — ou a um corpo — até que a morte os separasse. Para ela, isso era um exemplo da crueldade da sociedade: condenar o tipo de emoção, aventura e conexão humana que poderia fazer uma pessoa se sentir mais feliz e mais viva. Dizia que, ao menos, conseguira ser uma boa esposa para o marido sem renunciar a outros homens. Achava que muitos casamentos problemáticos poderiam ser salvos se as pessoas fossem mais honestas — e mais livres para agir de acordo — com suas necessidades e seus desejos sexuais.

Tive sorte, disse ela. Atingir a maturidade quando havia anticoncepcional e uma geração liberada. Odeio pensar como teria sido minha vida se eu tivesse nascido antes. Teria sido uma daquelas donas de casa loucas, alcoólatras e usuárias de barbitúricos.

Quantas mulheres já ouvi dizerem a mesma coisa.

Depois que os filhos cresceram, contou, preocupava-se mais com o fato de eles descobrirem do que o marido. Sempre suspeitou que o marido soubesse e tivesse optado por fingir o contrário — mas não porque fosse falso, disse; mesmo que ele não fosse totalmente fiel, não acreditava que fizesse tanto sexo fora do casamento quanto ela. Eu, mais do que ninguém, saberia ler os sinais, disse ela.

Mas, é claro, tudo mudou com a idade.

Existe um período, na meia-idade, que é um verdadeiro campo minado, ela me disse. Ainda não se está pronto para desistir, mas o radar sexual pode ficar um pouco distorcido, e é preciso se preocupar cada vez mais em não fazer papel de ridículo.

E ela — sempre — foi assombrada pelo papel de ridículo da mãe.

Tinha dez anos quando um menino da vizinhança falou: Minha mãe diz que a sua é ninfomaníaca. Da maneira como disse aquilo, percebeu que ele não sabia o que a palavra significava e esperava que ela lhe esclarecesse. Em vez disso, arranhou o rosto dele.

Era um dos sintomas, disse ela. (Era a vez de Amarílis: uma daquelas noites em que ficávamos acordadas até tarde em uma sala à luz de velas, dividindo um baseado, contando histórias.) Eu voltava da escola e a encontrava com algum homem, em geral um estranho, mas às vezes um sujeito que eu conhecia, um vizinho. Uma vez um policial, em outra o pai de uma amiga.

Isso era parte da doença que assustara o pai de Amarílis anos antes e forçara a mãe a entregar Amarílis aos cuidados de um casal de tios.

Não sentia falta dela, confessou. Eu me sentia culpada, mas não sentia falta dela. Estava com muito medo e vergonha para querer morar com minha mãe. E fiquei grata por mudar de cidade, onde ninguém sabia nada sobre ela. Na verdade, embora ela nos visitasse com bastante frequência, e embora nos falássemos ao telefone pelo menos uma vez por semana, nunca mais moramos na mesma casa.

Com o tempo, graças a novos medicamentos, sua mãe ficou estável o suficiente para que pudessem ter algo como um relacionamento normal. Mas os mesmos medicamentos também foram responsáveis por efeitos colaterais que encurtaram sua vida. Ela morreu no mesmo dia em que nasceu o primeiro filho de Amarílis.

Havia algo em Amarílis — tudo em Amarílis — que inspirava fantasias de resgate. Em um mar de mulheres jovens e frágeis, ela se destacava como a mais provável de se afogar. Uma de suas colegas de quarto, com uma ressaca terrível, saiu de uma aula para voltar ao dormitório, encontrou o bilhete de Amarílis e disparou o alarme. Uma busca no prédio levou ao telhado bem a tempo.

Ficou internada por mais ou menos uma semana no hospital local, e em seguida sua tia e seu tio cederam ao desejo dela de voltar para o dormitório em vez de ir para casa. Amarílis era novamente problema nosso. Seu humor sombrio, seus ataques de choro semelhantes a convulsões, suas ameaças de acabar com tudo — ninguém diria que aquilo não era perturbador. Mas poucos usavam isso contra ela. Nós, que queríamos salvá-la, estávamos dispostas a perdoá-la por tudo. Até por aquele maldito violão.

Mas a Amarílis que conhecemos e a Amarílis que se formou quatro anos depois eram pessoas diferentes. Ela começou indo mal na escola, mas no último ano já havia mais do que superado aquilo. Então, enquanto o restante de nós continuava à deriva, sem saber o que fazer depois — ou sempre —, ela marchou com firmeza, encontrando um trabalho lucrativo, pagando os empréstimos estudantis, casando-se bem, começando uma família. Somente ela parecia sempre segura do que queria e de como o conseguiria e, apesar de sua cota de altos e baixos ao longo dos anos, raramente reclamava da vida; nunca expressou algo parecido com o desejo de acabar com tudo.

A mulher mais sã que conhecíamos, esposa e mãe feliz, amorosa e responsável que gostava muito de trepar e que, para manter tudo funcionando bem, precisava de uma série de amantes, complementados com casos de uma noite só.

Parte da transformação era resultado de seu amadurecimento, claro, e ela não foi a única a se tornar madura durante aqueles anos de faculdade. Mas, se você perguntasse a Amarílis, ela diria simplesmente: Olaf.

Esse não é o nome verdadeiro dele. Acho que ninguém jamais soube qual era seu nome verdadeiro, assim como ninguém sabia ao certo de onde era. Não era aluno, nem membro do corpo docente, nem funcionário, mas ainda assim era um elemento fixo do campus. Impossível não ser visto. Um metro e oitenta e cinco, magro, mas musculoso, cabelo louro-acinzentado comprido e desgrenhado, os olhos da cor do azul frio dos lagos das montanhas: por isso "Olaf". Também conhecido como o Viking. Sua idade, outro mistério. Mais de trinta, com toda a certeza; beirando os quarenta. Você podia perguntar a ele sobre essas coisas, mas não obteria respostas diretas. Na verdade, Olaf não falava muito. Tampouco sorria muito.

Os rumores: Ele era um médico que havia perdido a licença. Começou em outro campus — Harvard —, onde fez parte do círculo em torno de Timothy Leary. Verdade ou não, ele, assim como Leary, acreditava com fervor nos poderes benéficos das drogas psicoativas e considerava uma tragédia o fato de, em razão da popularidade recreativa de tais substâncias, seu uso clínico ter sido banido.

Olaf era conhecido por se aproximar de uma pessoa — sempre mulher, sempre jovem e bonita, sempre com a mesma característica impressionada e ávida, uma coisa claramente perturbada e emocionalmente vulnerável — e colocá-la sob sua proteção. Ele faria amizade com a mulher, ganharia sua confiança (o que parecia fazer com uma facilidade incrível) e então, durante um período, ele a alimentaria com doses de cogumelos, mescalina ou LSD. Ele a guiaria cuidadosamente em suas viagens, encorajando-a a falar sem freios, embora ele raramente falasse, apenas escutasse. E ter Olaf escutando você, disse Amarílis, era saber que ninguém em sua vida jamais o escutara antes.

Ela não conseguia pensar em nada especialmente sábio ou maravilhoso que ele lhe tivesse dito, contou. Mas de alguma forma, na segurança da casa (um apartamento subterrâneo não muito longe do campus) e dos braços dele (era sabido que o sexo tinha de fazer parte disso), ela se viu pensando melhor nas coisas, ela se viu entendendo coisas que nunca esperou entender — sobre a infância, por exemplo; sobre a mãe desequilibrada e o pai covarde e desertor — e, pela primeira vez, foi capaz de falar sobre elas.

Havia muitos fatos que eu havia compartilhado com outras pessoas antes, disse ela, mas essa foi a primeira vez que consegui expressar em palavras os sentimentos. E não escondeu nada.

Por mais absurdo que todo o negócio pudesse soar, os resultados eram reais. Quanto mais tempo Amarílis passava com Olaf, mais coesa ela ficava. Seu humor se estabilizou. Suas notas subiram. Até mesmo sua habilidade de tocar violão melhorou.

Então por que nem todos recorriam a esse fazedor de milagres? Muitos recorreriam, porém, por mais que estivesse sofrendo, você não poderia simplesmente ir até Olaf. Era preciso ser selecionado. Ele precisava escolher você.

O rompimento, quando veio, foi brutal. E por um tempo tememos que todo o bom trabalho de Olaf pudesse ser desfeito. Mas parecia que Amarílis estava forte demais para isso. Ela sofreu, mas seguiu em frente. Logo estava namorando alguém que conhecera na biblioteca e, a partir de então, tornou-se capaz de se concentrar muito mais do que antes, começou a levar os estudos a sério e descobriu como o trabalho acadêmico podia ser satisfatório.

Era muito grata a Olaf para se sentir traída quando ele a substituiu por outra jovem, disse ela. Além disso, sempre soube que aquele era o jeito dele, ele não havia prometido nada, nunca lhe havia dito que a amava. E, agora que acabou, viu que, de fato, nunca tinha realmente se apaixonado por ele, não de um jeito romântico. Que tipo de relacionamento era esse, então? Não era exatamente amor, não era exatamente amizade, não era exatamente guru e discípula. Outro tipo de vínculo, ela disse. (Terapeuta e paciente, ainda que do tipo pouco ortodoxo, pareciam mais próximos na minha opinião.)

O que ela sempre lamentava, porém, era o fato de ter perdido o contato com ele. Pensava nele com frequência e, ao longo dos anos, tentou várias vezes chegar até ele, ou ao menos saber algo sobre Olaf, mas sem sucesso.

Ele simplesmente desapareceu, disse Amarílis. Será que de fato existiu? Olaf. Não era seu verdadeiro nome. O Viking. Com o passar dos anos, cada vez mais ele parecia menos uma pessoa real. Era mais como uma alucinação que ela tivera durante as viagens, disse ela.

Mas um dia, ela me contou, quando já tinha uns cinquenta anos, estava em uma praia, passeando ao longo da orla, sozinha, quando uma brisa soprou da água e...

Não sei como explicar, disse, mas ele estava lá. Eu me lembro de que acordei pouco antes do amanhecer, querendo dar um passeio enquanto a praia estava deserta.

O último dia de férias em família, todos ainda dormiam.

O ar estava parado, mesmo na água, disse ela, mas então veio uma rajada súbita, repleta de gotículas frias. E lá estava ele. Foi um choque tão grande que precisei parar e sentar na areia. E no minuto seguinte foi como se tudo do tempo que passamos juntos voltasse para mim na mais incrível urgência: cada olhar, cada palavra, cada toque. E a saudade, a dor daquela perda, era insuportável. Chorei tanto que pensei que meu estômago fosse arrebentar.

A princípio achei que estivesse tendo um *flashback* de ácido, lembrou, embora Olaf sempre dissesse que isso era um mito. Tive medo de estar tendo algum tipo de ataque cerebral, de estar correndo risco de morte. Rapidamente, porém, tudo passou. A dor parou, o medo parou, e me acalmei. Eu me senti... balançada. Alguém estava me balançando. Eu não conseguia mais ouvir as ondas nem as gaivotas. Havia apenas um silêncio profundo ao meu redor — ao nosso redor.

Tinha certeza de que Olaf acabara de morrer e viera até ela para avisá-la disso. E para avisá-la de que estava tudo bem.

A parte que não era nova para mim, disse ela — a parte que eu conhecia muito bem —, era aquela devastadora sensação de perda. Exatamente o que senti quando perdi outras pessoas. O mesmo anseio, a mesma dor. É o que se sente quando alguém morre.

Mas nunca havia acontecido, disse, de o espírito de alguém a procurar.

Achei que talvez o luto que Amarílis havia sentido naquele momento à beira-mar não fosse apenas por Olaf, mas por aquele período específico de sua vida: aqueles dias distantes, aqueles dias perdidos da juventude.

E outra coisa. Outra coisa estranha. Muitas vezes, desde que ouvi essa história, ela voltou para mim. Do nada, imagino Amarílis naquela praia e me lembro de como ela descreveu a sensação avassaladora de perda e de como Olaf estava lá para confortá-la. Em momentos de luto — como quando, não faz muito tempo, um parente próximo morreu inesperadamente —, senti conforto ao me lembrar das palavras dela.

Ela havia dito que era o espírito de Olaf. Mas nunca o conheci — por que o espírito dele me procuraria?

Não sou supersticiosa. Não acredito em espíritos. E, no entanto, o conforto era real.

O primeiro problema foi este. Uma das autoras de Violeta, Íris, estava na Califórnia com o marido, aonde foram visitar os pais dele. Era o septuagésimo aniversário do sogro de Íris, e uma grande festa fora planejada. Eles pretendiam se ausentar por uma semana mais ou menos, porém, assim que chegaram lá, o confinamento começou. A festa foi cancelada — graças a Deus, logo diriam eles, quando a ideia de uma grande festa se tornou assustadora —, e então o voo de volta para casa também. Eles não tinham ideia de quando regressariam.

Por sorte, os sogros moravam em uma casa espaçosa em Palo Alto, onde todos podiam passar a quarentena confortavelmente juntos. Mas Íris estava ansiosa para voltar para casa o mais rápido possível. Depois de muitas tentativas, já beirando a meia-idade, ela finalmente havia engravidado, e seu primeiro filho nasceria em dez semanas.

Antes de partirem para a Califórnia, arrumaram uma pessoa para ficar em seu apartamento. Tinham uma ave que não podia ficar sozinha por mais de dois dias. Era um papagaio, uma espécie altamente inteligente e sociável que necessitava de muita atenção. Papagaios negligenciados eram conhecidos por terem mudanças drásticas de personalidade, explicou Íris, às vezes até ao ponto da insanidade. (No ensino médio, tive um professor que possuía um aviário inteiro de papagaios resgatados, e eu sabia que Íris não estava exagerando.)

A pessoa que concordou em cuidar da ave era o filho de uma amiga, um estudante da Universidade de Nova York, que já havia cuidado dela antes. Mas ele não quis mais ficar lá. Na verdade, já tinha ido embora. A universidade estava fechada, todos os amigos dele haviam deixado a cidade, e ele não queria ficar sozinho em um apartamento estranho em uma cidade onde um vírus mortal estava fora de controle. Queria ir para casa, em Vermont. Partira sem prévio aviso para aproveitar uma carona com outro estudante que seguia para Vermont. Deixou comida e água extras para a ave e se mandou, disse Íris, sem intenção de voltar até que as aulas presenciais fossem retomadas.

Embora Íris tivesse amigos entre os vizinhos a quem poderia recorrer, todos também haviam deixado a cidade, como tantos outros nova-iorquinos, fugindo para suas respectivas casas de campo. Na realidade, todos os dez apartamentos no prédio de Íris, um condomínio próximo ao Madison Square Park, estavam vazios.

Ela preferia não pedir a alguém que precisasse usar algum tipo de transporte, explicou Violeta. Está procurando uma pessoa que more por perto, foi por isso que pensei em você.

Vi essa oportunidade mais como uma dádiva divina do que como um favor. Uma desculpa para passar pelo menos parte do dia em outro espaço. E que espaço.

Entenda-o como o choque entre uma grande imaginação, bom gosto e muito dinheiro, disse Violeta.

Ela e Íris se tornaram amigas quando Violeta editou um *coffee-table book* sobre design de interiores escrito por Íris. Íris e o marido, que era arquiteto, trabalharam juntos em vários projetos, incluindo o apartamento no bairro de NoMad e outra casa que projetaram a partir do que havia sido um antigo mosteiro em algum lugar no interior do estado. Tinham uma terceira casa, em Marfa, Texas, que ainda era uma obra em andamento.

Eu tinha visto as fotos dos três imóveis quando folheei o livro de Íris na festa que Violeta oferecera para o lançamento e sabia o motivo que a levara a dizer sobre o apartamento: Você nunca mais vai querer ir embora de lá.

O estudante, que me pareceu um babaca irresponsável, estava com tanta pressa de ir embora que se esqueceu de deixar a chave. Mas isso não importava, disse Íris; ela havia avisado o zelador do prédio que poderia deixar outra chave para mim com o porteiro. Embora os moradores estivessem ausentes, os funcionários do prédio tinham sido considerados trabalhadores essenciais e compareciam todos os dias. Apenas uma das inúmeras bizarrices da vida em confinamento: um prédio butique de luxo inteiro e uma equipe completa, tudo isso só para mim e uma pequena ave.

O ideal seria que você ficasse ali várias horas por dia, Íris me disse. Não que deva passar cada minuto com ele, mas é apenas para que saiba que não foi abandonado. Ele precisa de exercícios físicos e mentais diários — e de muita admiração. Ele realmente gosta de se exibir. Viu-se no espelho e sabe como é lindo.

(Esse papagaio é um pavão.)

O nome dele era Eureca, uma espécie em miniatura, com cerca de metade do comprimento da maioria dos papagaios de tamanho normal. Todo verde, exceto por um toque de escarlate em cada ombro e manchas brancas ao redor dos olhos. Um tom de verde tão vivo e exuberante que era bastante agradável de olhar, como um aglomerado de flora tropical. Uma dessas espécies famosas por serem capazes de imitar a fala humana, mas, de acordo com Íris, não muito falante.

Nunca curtimos muito isso, ela disse, como muitos outros donos de psitacídeos curtem. Aquelas pessoas que se divertem ao ensinar suas aves a xingar. Adoramos olhar para ele e brincar com ele, e é claro que conversamos com ele, mas nunca tentamos treiná-lo para repetir nossas falas. Eureca capta as coisas, no entanto. Eu fazia aulas de ioga on-line todas as manhãs e não pude acreditar na primeira vez que o ouvi entoar *Om*.

Tínhamos uma gata, disse Íris. Da raça bengal. *Aquela*, sim, era uma tagarela. Miava constantemente, e Eureca miava de volta. Na verdade, ele descobriu que, se estivesse em sua gaiola e ela em outra parte da casa, e ele miasse persistentemente, poderia fazê-la aparecer. Ele adorava aquele truque. E, quando estavam juntos, não era incomum que os dois tivessem uma conversa completa. Era adorável, mesmo que aquilo também pudesse dar nos nervos. Às vezes, também imitava o ronronar dela, ou assim pensávamos, embora parecesse mais um trinado.

A gata estava bem velhinha quando pegaram Eureca e morreu no ano passado. E por um tempo depois Eureca miava e, quando ela não aparecia, ficava quieto e abatido no poleiro.

Achei que devia estar sentindo a falta dela, assim como eu, e isso partiu meu coração, disse Íris. Até mesmo agora, às vezes ele mia, e achamos que deve ter se lembrado dela no momento e pensado: Vamos tentar de novo, talvez desta vez ela apareça.

Se eu tivesse um papagaio, acho que não resistiria a ensiná-lo a falar. Lembro-me de como ficamos entusiasmados quando o professor nos convidou para visitar seu aviário. Eu não conseguia acreditar no tamanho de algumas aves. Algumas eram assustadoras também. Como Lúcifer, que não era um papagaio, mas um corvo enorme, olhando-nos do ombro do professor. Fomos avisados para nem sequer apontar para Lúcifer. Confiem em mim, disse o professor, ele só está esperando que um de vocês faça o dia dele.

Havia uma cacatua que ficava balançando a cabeça para a frente e para trás, dizendo: Que pocilga! E uma arara-vermelha gritando sem parar: Diga alguma coisa! Diga alguma coisa! O professor explicou que ela provavelmente estava expressando frustração ao ouvir as pessoas dizerem isso o dia todo (seu lar anterior era uma loja de animais exóticos em um shopping center movimentado).

E, sim, mais de uma ave tinha vindo de lares onde haviam aprendido a xingar, o que envergonhava o professor e fazia não poucas mães abrirem o bico para reclamar, mas nos fazia, as crianças, quase mijar na calça de tanto rir.

O mais impressionante de todos era Fígaro, que cantava trechos de ópera. Fora do tom, mas cantava. Depois disso, porém, descobri que papagaios que cantam, dançam, miam e falam palavrões não são raros. (Fonte: YouTube.)

Em razão da idade que os papagaios podem atingir — alguns até os cem anos —, me ocorre que algumas das aves do professor podem ainda estar entre nós. O próprio professor, ao que me lembro, era um homem de meia-idade. O que aconteceu com as aves que sobreviveram a ele? Lembro-me dele nos dizendo que uma das razões pelas quais havia uma abundância de aves resgatadas era que muitas delas haviam sobrevivido a seus tutores.

Eureca tinha uns cinco anos, disse Íris, e poderia viver mais uns vinte e cinco. (2045, pensei. Como seria o mundo então?)

Às vezes, disse Íris, Eureca fala sozinho. Pelo menos é o que parece. Você o ouvirá resmungando — uma vocalização bem diferente de quando está se dirigindo a alguém. Grita quando quer atenção e, se essa atenção não for suficiente, pode discursar de maneira exaltada. Mas, ainda que possa ser bastante barulhento algumas vezes, graças a Deus ele não é escandaloso.

Outra razão relevante para haver tantas aves resgatadas: pessoas descobrindo que elas próprias — ou seus vizinhos — não aguentam a barulheira.

Temos sorte de morar onde moramos, disse Íris. (Os apartamentos em seu prédio solidamente construído tinham pé-direito alto e uma estrutura espessa entre os andares.)

O mais surpreendente foi que, quando cheguei, Eureca gritou. Gritou na primeira vez que me viu. E, levando em conta que um papagaio gritando é um papagaio em apuros, aquela não foi uma apresentação auspiciosa.

Entendi aquilo como surpresa — ele dificilmente poderia estar me esperando (*Miau?*). Ou pode ter sido pura decepção. Afinal, eu era uma estranha, não fazia parte do seu bando.

Mas, como todos os de sua espécie, Eureca era inteligente. Não demorou muito para compreender as coisas. Eu estava lá para servi-lo, e, por mais que ele sentisse falta de seu bando, tiraria o melhor proveito disso. Se eu fosse a única por perto para brincar, ele poderia fazer isso. E, se o teste fosse quanto uma pessoa o admirava, bem, essa era uma prova pela qual eu facilmente passaria. Ele era tão bonito que cada vez que o via era como vê-lo pela primeira vez.

De qualquer maneira, ele dificilmente poderia estar mais grato por minha companhia do que eu pela dele. Nenhuma hora daqueles dias estranhos e ansiosos passou mais rápido do que as que passei com ele. Acordava todos os dias aguardando com expectativa por esta tarefa simples em minha programação: andar vários quarteirões por ruas estranhamente vazias e cuidar de meu encargo emplumado. Foi uma das poucas coisas que senti confiança em realizar sem me perguntar: por que estou fazendo isso?

A cura para muitos males, assim foi chamado. Para aliviar o estresse e a ansiedade; para confortar no luto, na tristeza e na perda: encontre alguém que precise de sua ajuda.

Não eram apenas pessoas solitárias que optavam por acolher ou adotar um animal de estimação durante o confinamento. Mesmo aquelas presas dia após dia em lares lotados, cansadas da falta de privacidade, viam o cuidado com um animal não como mais uma imposição, mas um conforto e uma distração. Algumas que, por qualquer motivo, não podiam ter um cachorro ou um gato escolhiam outro animal, uma ave, digamos, ou um porquinho-da-índia. Um conhecido meu adotou um par de ratos. Outro, uma cobra. Seja lá o que for que faça você superar a noite: nunca conheci alguém assim, mas sei que existem pessoas que mantêm insetos e aranhas como animais de estimação, os favoritos entre eles são as baratas-de-madagascar e as tarântulas.

Todas aquelas histórias contadas sobre uma criatura ou outra compreendendo um humano, instilando nele esperança, salvando sua sanidade. O conforto obtido ao assistir a vídeos de bichos, incluindo transmissões ao vivo de animais selvagens e zoológicos. (Conheço um psiquiatra que há anos prescreve a seus pacientes deprimidos assistir a vídeos de bichos.) O efeito animador e calmante de observar seres vivos inocentemente sendo quem são, isentos da crise que virou o mundo humano de cabeça para baixo, mesmo que alguns animais também fossem suscetíveis à infecção. Pandas em um zoológico fechado acasalando com sucesso pela primeira vez em dez anos, um papagaio brincando de esconde-esconde com o gato de um vizinho: algumas pessoas confessaram ter assistido seguidamente a esses vídeos.

Surpreende-me o fato de tantos vídeos mostrarem animais se divertindo. Como aquele que registrou um corvo deslizando repetidas vezes em um telhado coberto de neve usando a tampa de uma jarra.

Eureca me fez desejar ter minha própria ave. Mas esse era um sentimento já familiar. Não consigo passar por uma fazenda sem sonhar em ter minha vaca. Minha cabra, meu porco. Se não for um cavalo, talvez um pônei ou um burro. De qualquer forma, apesar de ter tido vários animais de estimação, considero estar entre os meus maiores arrependimentos o fato de não ter tido mais animais em minha vida.

Nunca tenho certeza de como responder à pergunta surpreendentemente comum: o que você teria sido se não fosse escritora? (Por que você quer saber isso?) Mas sempre pensei que pudesse ter me realizado trabalhando com animais. Não como veterinária — eu nunca conseguiria exercer nenhum tipo de medicina —, mas talvez como zoóloga ou treinadora de animais. (Assim como tantos que não têm paciência para lidar com outros seres humanos, quando se trata de animais eu tenho todo o tempo do mundo.)

Certa vez, na juventude, durante uma entrevista de emprego me pediram para citar uma pessoa cuja vida eu invejava e por quê, e imediatamente respondi Jane Goodall. (Ainda é verdade. Talvez mais do que nunca, agora que, embora tenha idade avançada, ela ainda se dedica a seu trabalho conservacionista e afirmou que, apesar de todos os presságios terríveis, não desistiu de ter esperança no mundo.)

Goodall e seus chimpanzés, Penny Patterson e Koko, Irene Pepperberg e Alex. Pessoas que desenvolvem vínculos extraordinários com indivíduos de outras espécies sempre terão minha inveja. (Uma fantasia relacionada a isso: quem não gostaria de ser o menino que conquistou a confiança do E.T.?)

Como a maioria dos desejos mais profundos, esse começou na infância. Primeiro vi a versão cinematográfica de *A história de Elsa*, depois li o livro. Dê-me uma razão pela qual eu não poderia crescer e me tornar Joy Adamson, me mudar para o Quênia, criar minha própria leoa órfã e — como eu já sabia que seria escritora — publicar um *best-seller* sobre isso.

"Jane Goodall" pode não ter sido a melhor resposta visto que o emprego, o qual não consegui, era para o cargo de secretária de uma empresa de consultoria de gestão. E, conforme se verificou mais tarde, o entrevistador nunca tinha ouvido falar dela.

Anos antes, eu havia irritado uma professora do ensino fundamental com minha resposta à pergunta sobre o que eu queria ser quando crescesse. Ela pensou que eu tivesse respondido domadora de leões só para fazer a classe dar risada. Para ser honesta, às vezes eu dizia coisas apenas para fazer a classe dar risada.

Quando criança, Goodall adorava os livros do Tarzan e do Dr. Dolittle. Ao brincar com seu chimpanzé de pelúcia, Jubilee, ela sonhava em um dia ir para a África e ter a chance de observar um de verdade. Enquanto isso não acontecia, ela se tornou observadora de pássaros.

Entre os passatempos pandêmicos, a observação de pássaros subiu no topo da lista dos mais populares. Considere uma bênção que a primeira onda tenha coincidido aqui com a migração da primavera. A alegria vicária de observar criaturas livres para voar e socializar umas com as outras. Parte do encanto vinha de prestar bastante atenção em algo que sempre se fora distraído demais para notar. Algo comum. Algo bonito. Construção de ninhos, acasalamento, disputas, alimentação. E pensar que tudo isso estava acontecendo do outro lado da janela. E, silenciada a usual algazarra da atividade humana, é muito mais fácil apreciar o canto dos pássaros.

Os conservacionistas também encorajavam os observadores de pássaros a ficar atentos a aves mortas, muitas das quais teriam sido vítimas de colisões com edifícios. Uma mulher andando pelo World Trade Center encontrou mais de duzentos cadáveres em uma hora. Se você encontrasse um pássaro ferido, os quais também eram muitos, a recomendação era que o ajudasse, levando-o a um hospital de animais silvestres. "É a melhor coisa do mundo ajudar um animal silvestre", escreveu um socorrista em seu blog. "Eles parecem tão mágicos em suas mãos."

Do *trailer* de um documentário francês sobre a natureza que seria o primeiro filme que eu veria quando os cinemas reabrissem: "Encontrar um animal é um rejuvenescimento. Abre uma porta para o outro lado. O incomunicável".

Nenhum sentimento maior na Terra é a maneira como um naturalista descreve a experiência de se relacionar com uma criatura selvagem. No caso dele, um polvo fêmea que vive em uma floresta de algas submarinas no Cabo Ocidental, na África do Sul. O encontro aconteceu em um momento de crise para Craig Foster, que sofria de depressão havia uns dois anos e se via incapaz de continuar o trabalho como cineasta. Ele diagnostica parte de seu problema como um desejo profundo de estar dentro, e não fora, do mundo natural, como há algum tempo vem sentindo dolorosamente. E assim passa a mergulhar todos os dias.

No início, diz ele, logo depois de ver o polvo pela primeira vez, sentiu que havia algo a aprender com ele. Decide visitá-lo diariamente e observar como vive. Não poderia ter feito isso sem a confiança do animal, porém, e no momento em que o polvo revela que não apenas confia nele, mas que a curiosidade é mútua, começa sua salvação.

Por cerca de um ano — o tempo de vida do polvo —, homem e molusco são amigos. O desespero de Foster se dissipa. Ele é capaz de trabalhar outra vez. Começa a filmar o material que será usado para um documentário sobre os dois. A cena inesquecível em que ele estende um tentáculo para tocar a mão de Foster pela primeira vez. E outra, já perto do final, quando se agarra ao peito dele num abraço.

Antropomorfismo, disseram alguns cientistas. Projeção. Não se trata de amizade, mas da eliminação de uma barreira de medo e de uma familiaridade que permite maior intimidade. (Em uma palavra, amizade, não é mesmo?)

Animais se divertindo. Há uma cena na qual, embora não possa ter certeza, Foster tem a impressão de que o polvo está brincando com um cardume de peixes.

Foi a selvageria que o polvo representava que o mudou, diz Foster. Ao permitir que entrasse em seu mundo, o polvo se tornou não apenas seu amigo, mas seu professor. Durante os meses em que o rastreou e estudou, o animal o ensinou a se sensibilizar com o meio ambiente e com as criaturas selvagens, além de mudar sua relação com os seres humanos.

Foster nunca havia sido sentimental em relação a animais, ele nos conta. Mas agora se encontrou sentindo não apenas afeição pelo polvo, mas também orgulho da capacidade do animal de sobreviver. Superando predadores, planejando estratégias para caçar comida, recuperando-se de um ataque mutilador de tubarão: que inteligência, que engenhosidade, Foster se maravilha. Que bom senso.

A luta do polvo no decorrer muitas vezes desafiador de sua vida parece espelhar, para Foster, sua própria vida conforme se recupera, juntando as peças, recobrando a confiança. É o tipo de autoconfiança que agora se sente pronto para incutir em seu filho, um naturalista iniciante, que começa a mergulhar com ele. E observa o garoto assimilando uma lição ainda maior: a gentileza.

Gentileza é a coisa mais importante que horas e horas na natureza podem ensinar, diz Foster.

O polvo me fez entender como os lugares selvagens são preciosos, diz ele. Você começa a se preocupar com todos os animais, até mesmo com os menores; entende quão vulnerável é a vida desses animais, quão vulnerável é cada vida. Começa a pensar na sua própria vulnerabilidade e na morte, na própria morte.

E, nas horas que passou explorando a floresta de algas, ficou repetidamente atordoado com a inteligência — a genialidade — do que ele chama de mente da floresta, um grande cérebro subaquático desenvolvido ao longo de eras e o intrincado trabalho que realiza para manter tudo em equilíbrio.

É provável que a maioria das pessoas sentisse dificuldade em acreditar que um polvo selvagem pudesse ter interagido afetuosamente com um humano se a prova não tivesse sido capturada em filme. *Eu* teria sentido dificuldade em acreditar. Mas nossa avaliação da capacidade de não humanos de pensar e sentir sempre foi muito distante — como finalmente estamos começando a entender. Se tivéssemos prestado mais atenção, desde o início, quanto poderíamos ter aprendido sobre o que significa ser um animal, sobre como viver na natureza — com a qual os animais humanos tantas vezes estiveram em desacordo tão destrutivo. (Sentir que você não é um visitante, mas uma parte do mundo natural — essa é uma diferença incrível, diz Foster.) Poderia ter havido muito menos depressão entre nós. Pense em todas as extinções que poderiam ter sido evitadas, em como nossa própria espécie, em como todo o planeta poderia ter sido salvo.

Antropomorfismo: devíamos ter feito disso a nossa religião, certa vez ouvi um ativista ambiental dizer. Irracional, mas qual religião não é? E pense em quantas crenças irracionais as pessoas sempre adotaram.

Antes de deixarmos a água, quero citar outra mergulhadora e documentarista. Odeio ser velha, disse Valerie Taylor, aos oitenta e cinco anos. Mas pelo menos isso significa que eu estive no oceano quando era intocado. Agora é como ir para onde havia uma floresta tropical e ver um milharal.

Aqui, como uma contenção para a misantropia, na qual hoje é muito fácil cair e na qual nunca se deve permitir cair, lembro que havia algo em Foster que dizia ao polvo que se tornar vulnerável a esse humano valia o risco. Afinal, ele podia ser um caçador ou um predador, como os humanos costumam ser. (Todos os animais desconfiam do homem, observou Rousseau, e eles não estão errados.) Tão ruins quanto os tubarões dos quais o polvo deve constantemente fugir e se esconder.

Pergunta: o que o fez confiar nele? Pergunta maior ainda: o que o fez gostar dele?

Foster achou que, em razão da alta inteligência do polvo, foram o próprio interesse e um desejo por estímulo que o motivaram. Convincente. Mas você não acha que deve ter havido algo mais também, alguma qualidade humana, alguma bondade que ele sentiu, que tornou possível esse improvável vínculo entre eles?

Acredito na biofilia humana. Acredito que a afinidade com outros seres vivos, o desejo de estar perto e se conectar com eles e o amor pela beleza natural estão em nosso DNA. Como conciliar isso, no entanto, com o que qualquer pessoa que vive em nossos dias pode ver: o impulso humano de tornar o mundo cada vez mais feio e, por fim, de destruí-lo?

Um medo novo: que antiambientalistas enfurecidos e negacionistas do clima, identificando os esforços de conservação com seu inimigo esquerdista e pró-governo, fomentem o ecocídio, descarregando seu ódio na própria natureza.

Uma camiseta vista em um passageiro de avião: *Atire em um lobo, faça um liberal chorar.*

A paixão de Valerie Taylor eram os tubarões. Às vezes eles mordem. Quando isso acontecia, ela disse, eu apenas permanecia imóvel e esperava que ele se soltasse — porque ele cometeu um erro. (Antropomorfismo?) Não que ela espere que outras pessoas se comportem assim, disse. Ela só quer que paremos de matá-los.

Quando *Professor polvo* foi lançado — depois de meio ano de sofrimento pandêmico e no decorrer de um ciclo implacável de notícias sobre injustiça racial e social, crise climática, aumento dos crimes violentos e declínio da democracia —, muitos espectadores o consideraram um alento.

Era o tipo de história que me faz pensar que eu deveria ter mudado minha vida. Em vez disso, eu a desperdicei.

O segundo problema foi o seguinte: eu era cuidadora da ave havia uma semana quando soube de outra amiga em dificuldade. Na verdade, era a irmã de um amigo, uma pneumologista aposentada do Oregon que veio para Nova York como voluntária para ajudar a tratar o crescente número de pacientes com coronavírus. Meu amigo e a família haviam se mudado para sua casa de campo em Connecticut, e enquanto isso a irmã estava no apartamento dele. Mas o síndico do prédio, sob pressão de inquilinos assustados, exigira que a médica deixasse o local.

Incivilizado, sem dúvida. Mas pelo menos não a apedrejaram nem lhe jogaram alvejante, como acontecia em outras partes do mundo.

A solução óbvia, pelo menos naquele momento incerto (e já não estávamos cansados de ouvir isto: a incerteza era a única certeza a ter?), era ela ficar na minha casa e eu na de Íris.

Na realidade, ficamos aliviados, disse Íris, que se sentia cada vez mais ansiosa com o fato de Eureca passar muito tempo sozinho.

Não foi a primeira vez que me vi querendo ter uma ave, e um papagaio era exatamente o tipo que eu queria ter. Um papagaio grande e lindo como os que eu tinha visto no aviário do meu professor e no zoológico. Ou, se fosse pedir demais, talvez uma espécie mais manejável: um periquito ou um canário.

O que sempre me impedia, porém, era a gaiola. Viver com um animal nascido para voar confinado em uma gaiola me incomodava, e a ideia de cortar suas asas me soava aterrorizante. (Felizmente, cortar as asas não foi uma das minhas atribuições. Íris contratou os serviços de um cortador profissional, um homem que veio completamente disfarçado por uma máscara que cobria o rosto todo e não me dirigiu a palavra. Ele também aparou as garras de Eureca.)

Eu queria saber mais sobre Eureca. De onde viera? Íris não disse, mas presumi que o tivesse adquirido de um criador: a única maneira ética — e, eu tinha certeza, a única dentro da lei. Eu sabia que alguns papagaios silvestres, e araras em especial, estavam em extinção, que algumas espécies já haviam sido extintas e que uma das principais razões para isso, além da perda do habitat, era a captura das aves para o comércio de animais de estimação. Eu sabia que muitas aves tropicais ainda não classificadas como em risco de extinção estavam na lista das consideradas ameaçadas ou vulneráveis.

Para uma ave cativa, Eureca era excepcionalmente afortunado. Ele tinha mais do que uma gaiola: tinha o próprio quarto. No ambiente, a famosa equipe de design de interiores de Íris e seu marido aplicaram suas habilidades, assim como fizeram com o restante do apartamento, criando algo como um recinto de zoológico. O quarto estava repleto de samambaias e outras plantas, por enquanto também sob meus cuidados.

Fizemos uma pesquisa, Íris me disse, para garantir que nada fosse tóxico para papagaios. As paredes haviam sido pintadas com o que outras pesquisas disseram que pareceria uma parte da floresta tropical sul-americana onde a raça de Eureca habitava na natureza. Para lembrá-lo de casa, suponho, embora fosse uma casa que ele jamais conheceu ou conheceria. Entre as folhagens havia borboletas luminosas, flores exóticas e outras aves silvestres, todas primorosamente desenhadas e pintadas com cores vibrantes, bem como um par de macacos com características extremamente expressivas e realistas.

Tudo aquilo me lembrava das cenas da selva de Henri Rousseau — e os murais, na verdade, eram obra de um artista profissional contratado para pintá-los.

O menor dos três quartos do apartamento era grande o suficiente para abrigar uma imensa gaiola de aço inoxidável com o topo abobadado ocupando cerca de um quarto do espaço. (Pensei nele vários meses depois, quando li um artigo sobre a impossibilidade, para algumas pessoas, de manter distância de outras durante o confinamento. Por exemplo, em determinada área de cortiços em Hong Kong, onde, de acordo com o *Times*, o espaço médio por pessoa era inferior a cinco metros quadrados — menos de um terço do tamanho de uma vaga de estacionamento na cidade de Nova York. E novamente quando me lembrei de que o apartamento no porão que a poeta Marianne Moore dividia com a mãe era tão apertado que elas comiam sentadas na borda da banheira. O que, por sua vez, me fez pensar em outro poeta, Joseph Brodsky, recordando o pequeno espaço que conquistou para si enquanto morava no quarto de solteiro que constituía toda a casa dele e de seus pais em Leningrado: "Aqueles dez metros quadrados eram meus, e eram os melhores dez metros quadrados que já conheci".)

Dentro da gaiola estavam instalados poleiros de diferentes alturas, cordas para escalada e uma escada de corda giratória. Fora dela havia uma área de recreação especialmente projetada, com um poleiro de madeira à guisa de uma pequena árvore onde Eureca passava a maior parte do dia. A árvore tinha uma série de galhos de várias alturas para que ele pudesse subir e descer, algo que parecia gostar de fazer. Mas seu local preferido era o galho mais alto, que o colocava mais ou menos na altura dos meus olhos. Ele podia passar bastante tempo movimentando-se lentamente ao longo do galho, indo quase até o fim de um lado, depois voltando para o outro — será que era um jogo? —, e eu podia passar bastante tempo o observando. Observá-lo me observando, na verdade. Primeiro com um olho, depois com o outro, as pupilas se contraindo e dilatando — pequena média grande, pequena média grande —, o que, eu aprenderia mais tarde, era chamado de fixação dos olhos. (No armário onde eram armazenados a comida de Eureca e outros produtos para animais de estimação, encontrei algumas publicações sobre papagaios, as quais eu li.) Às vezes, ele avançava tanto que chegava ao limite e então precisava se segurar, abrindo as asas, gritando no que eu acreditava ser apenas um alarme fingido, quase — mas nunca de fato — perdendo o equilíbrio. Era, sem dúvida, um jogo.

O quarto tinha duas grandes janelas e recebia boa iluminação. Isso era importante porque um papagaio precisa de luz solar e, embora Íris às vezes levasse Eureca ao parque, ela não queria que eu fizesse isso, já que até mesmo uma ave com asas cortadas pode voar alguma distância, sobretudo se estiver ventando. E havia muitas maneiras de uma ave sofrer lá fora. Havia carros. Havia cachorros. Ao que parece, o valor amplamente conhecido (embora muitas vezes exagerado) dos papagaios estava atraindo um número crescente de ladrões. Uma arara-azul-grande amarrada a um poleiro em um quintal do Brooklyn havia sido sequestrada por alguém que exigia um resgate de cinquenta mil dólares.

Eureca era bem treinado — obediente, ele pulou em meu braço quando chegou a hora de tirá-lo da gaiola —, mas, como a maioria de sua espécie, podia ser caprichoso, e não havia como saber como se comportaria com alguém que não conhecia. Devo sempre me lembrar de manter a porta do quarto fechada quando ele estiver fora da gaiola, conforme a orientação de Íris, porque os outros cômodos não eram à prova de aves. E é claro que não queremos que as fezes dele se espalhem, disse ela. O poleiro alto também servia como estação de cocô, e ele fora treinado para usá-lo (quem diria que se poderia treinar um pássaro a usar o banheiro!), mas devo estar preparada para acidentes.

Olhar pela janela o estimula, disse ela. Os pombos, em particular, o estimulam, e, se um bando passar ou um deles pousar no peitoril externo, é quase certo que fará cocô. (Ah, Eureca, qual a sensação de ver outras aves voando no céu, livres livres livres?)

O homem que cuidava dele antes de mim claramente não havia seguido as instruções. Encontrei cocô incrustado na parte de trás de um dos sofás da sala. Ele dormia no quarto principal e o deixou bagunçado, a cama desarrumada, um par de meias enroladas e uma camiseta no chão. Também deixou uma tigela de cereal sem lavar na pia da cozinha, um cinzeiro sujo na mesa da sala de jantar e o cheiro persistente de maconha.

Nossa arrumadeira mora no Queens, Íris me disse. Em geral, vem duas vezes por semana, mas está em casa com os filhos até que seja seguro reabrir a escola. Acredito que as arrumadeiras são consideradas trabalhadores essenciais, disse Íris. Se quiser, posso contratar um serviço de limpeza enquanto você estiver lá.

Falei que não queria isso. Mas também não queria o fardo de precisar cuidar sozinha de um apartamento tão grande. A solução, pensei, era limitar meu uso. Eu precisaria usar a cozinha, é claro, mas não cozinharia mais do que fazia em casa, ou seja, quase nada.

Havia um fogão gigantesco com seis bocas e uma chapa, dois fornos e oito modos de cozimento diferentes. Pesquisei no Google a diferença entre Assar, Assar por Convecção e Convecção Real e qual seria a finalidade de Vapor de água.

É bom saber, mas eu não criaria vapor para nenhuma massa enquanto estivesse lá. Eu não seria tocada pela mania da panificação — tão difundida que causou uma escassez de farinha —, não importa quão tentadoras sejam as receitas virais de bolos e biscoitos que estão sendo anunciados como Os Alimentos Reconfortantes de que Todos Precisamos Agora. (Ao mesmo tempo: relatos de uma crise de ganho de peso, os sete quilos da quarentena rapidamente se tornando os nove quilos da quarentena, e ainda mais, até atingirmos a média nacional de treze quilos. Um adolescente informou ter engordado o dobro dessa quantidade.)

No primeiro dia em que pisei na cozinha, não entendi por que não havia geladeira, mas obviamente havia uma — gigantesca, para combinar com o fogão — escondida atrás de um painel. Outro painel escondia uma segunda geladeira, muito menor, para vinho. E, atrás de um terceiro painel (não pude deixar de pensar em um daqueles programas de TV com grandes prêmios, como *Queen for a Day*), havia uma lava e seca.

A cozinha tinha uma grande ilha elíptica com tampo de mármore e cadeiras altas estofadas: não havia necessidade de usar a sala de jantar. E, embora a sala de estar fosse provavelmente o cômodo mais bonito da casa, não era atrativa. Sem outras pessoas, parecia vazia e formal, quase como um espaço público, ainda que luxuoso, como o saguão de um hotel chique.

É muito mais seguro, disseram-nos, ter mantimentos e tudo mais que precisarmos ou quisermos entregues diretamente em nossa porta. (Que confinamento?, foi o tuíte viral, descrevendo-o como "a classe média se escondendo enquanto as pessoas da classe trabalhadora trazem coisas para ela". Outra versão: pessoas brancas se escondendo enquanto negros e pardos trazem coisas para elas. Uma realidade incômoda que, esperava-se, podia ser pelo menos atenuada ao recompensar os entregadores com gorjetas exorbitantes.) Mas eu não precisava de entrega de comida. O mercado de produtores rurais da vizinhança funcionava quatro dias por semana, e uma padaria próxima ficava aberta todos os dias, e com os dois, por mais que durasse o confinamento, eu ficaria bem.

Diferentemente do homem que veio antes de mim, escolhi dormir no terceiro quarto, aquele que sem dúvida se tornaria o do bebê, embora notasse que até então nada havia sido feito para transformá-lo em um quarto de criança. Presumi que Íris e o marido estivessem esperando chegar mais perto da data do parto, nunca sonhando que se encontrariam confinados a milhares de quilômetros de distância.

O quarto tinha uma cama de casal com o tipo de colchão extrafirme de que gosto, persianas opacas e banheiro. E, embora a tela tivesse apenas um quarto do tamanho da tela da sala, havia uma TV. Também havia uma pequena TV em um canto do quarto de Eureca. (Disseram-nos que papagaios gostam de assistir à programação televisiva, disse Íris. Mas, ainda que curioso no início, ele logo perdeu o interesse — não era como assistir aos pombos.) Ele também não gostava muito de música, ao que parecia, embora muitos papagaios gostassem.

E, em outro canto do quarto de Eureca, havia meu próprio poleiro, uma poltrona de couro cor de conhaque com um pufe combinando. Na primeira semana, quando eu ainda ia e vinha entre os dois apartamentos, depois de cuidar das necessidades de Eureca eu me acomodava com meu laptop até a hora de ir embora. Embora ele nunca tenha resistido a ser devolvido à jaula, percebi que minha partida lhe causava ansiedade. Ou foi assim que interpretei a pequena dança de baixar a cabeça e pular de um pé para o outro que o momento sempre provocava.

Sempre, *sempre* se despeça dele quando for embora, Íris tinha avisado, deixando-me imaginar quais consequências terríveis poderiam advir caso eu esquecesse. Mas nunca esqueci e, já em casa, às vezes achava difícil pensar nele sozinho ali, enjaulado, no quarto silencioso e escuro. Eu me perguntava quanto ele dormia. Será que sonhava? (Eu mesma tive um sonho no qual ele aparecia como passageiro no assento do avião ao lado do meu, várias vezes maior que seu tamanho real.)

Ele tinha uma série de brinquedos projetados para atividades que os papagaios realizam na natureza — forragear, escalar, mastigar, triturar — e para o simples prazer de fazer barulho: sinos, chocalhos e um pandeiro do tamanho de uma moeda de um dólar. Íris havia deixado instruções para versões de várias brincadeiras, como pega-pega e esconde-esconde. Havia um jogo de boliche: três pinos minúsculos que ele derrubava habilmente todas as vezes com uma pequena bola de borracha. Também havia um carrinho de compras em miniatura que ele gostava de encher com mantimentos de brinquedo e deslizar pelo chão. (Quem pensara nisso para uma ave?) Ele parecia gostar mais de ser solicitado a adivinhar em qual dos três copos a castanha estava escondida depois que eu os misturava rapidamente — não porque fosse um grande desafio, eu pensava, mas porque ele conseguia comer a castanha.

Sei que pode ser chato para você brincar assim todos os dias, disse Íris, mas é realmente importante para a saúde dele. Quando ele acertar algo, como derrubar os pinos com a bola, digamos, seria bom se você fizesse um pouco de barulho. Dizer "Bom menino" e bater palmas, talvez acariciar a cabeça e o pescoço dele com o polegar. Sei que parece bobagem, mas você verá como isso o deixa feliz. E você provavelmente o ouvirá responder "Bom menino".

Eu de fato vi. Eu de fato ouvi. A princípio, tive dificuldade em acreditar que uma criatura tão inteligente quanto Eureca não fosse ficar entediada com esses jogos repetitivos simples ou se sentisse boba empurrando aquele carrinho, algo que para mim parecia bastante indigno. (Desde então, vi vídeos de aves participando de brincadeiras mais sofisticadas, como um que fora treinado para cair e se fingir de morto depois de ser baleado com uma arma de brinquedo. Além disso, diversos vídeos de aves fazendo várias coisas especificamente destinadas a irritar gatos.) Mas ele parecia feliz. Tinha um jeito de piscar os olhos — um abrir e fechar, na verdade — e de deslocar parcialmente o bico em um sorriso. Ou, tendo em vista que, de acordo com a ciência, aves não podem sorrir fisicamente, vou chamar aquilo de a sua carinha feliz.

Quando refleti sobre isso, porém, pareceu-me que essa felicidade poderia ter sido sua reação à minha resposta; em outras palavras, ele estava feliz por ter conseguido *me* fazer feliz. Quando digo "Bom menino", é claro que pareço satisfeita. Então ele repete para me agradar ainda mais. Toda ave falante familiarizada com pessoas deve saber como ficamos loucas ao ouvir nossas próprias palavras ditas de volta para nós.

Pelo amor de Deus, disse Violeta. Pare de pensar demais. Que diferença faz, desde que ele esteja feliz?

Mas para mim fazia, sim, diferença. Eu não contaria isso para ela, para Íris ou para qualquer outra pessoa, mas brincar com Eureca podia me deixar melancólica. Os animais se divertindo podem ser um espetáculo comovente — imagino que isso, em parte, diminua a distância entre nós e eles. E, se você pensar muito sobre o que um animal pode estar sentindo e quão próximo, ou mesmo indistinguível, esse sentimento pode ser de uma emoção humana (digamos, a sua própria), você pode se sentir, bem, melancólico.

Ainda assim, testemunhar a felicidade de animais inocentes é, como todos sabem, uma das grandes alegrias da nossa espécie.

Vê como ele sorri?, diz Valerie Taylor sobre um tubarão que ela fotografou. Ternamente, embora ela saiba bem que ele não sorri.

Eu gostava mais de observar Eureca quando não estávamos brincando, quando ele parecia ter esquecido que eu estava ali. Aves: os únicos dinossauros sobreviventes do mundo. Eu gostava de observá-lo tendo em mente esse fato incrível. Houve uma época na infância em que eu era obcecada por dinossauros. Você nunca poderia ter me feito acreditar que, mais tarde na vida, pudessem se passar anos sem que um brontossauro se movesse lentamente em minha cabeça.

Incapaz de voar, exercitava as pernas deliberadamente, marchando em círculos pelo quarto ou — com mais frequência — dando passos impacientes nos mesmos poucos metros de piso. Havia algo de majestoso em seu porte que, com seus passos medidos e a cabeça inclinada para baixo, dava-lhe um ar de pensador.

Como Íris havia dito que aconteceria, às vezes eu o pegava falando sozinho, murmurando e cacarejando baixinho, e ele o fazia em geral enquanto andava de um lado para o outro. (Resolver equações era o palpite dela.) Uma vez, porém, depois de cochilar em minha poltrona, acordei e o encontrei em seu poleiro falando com as paredes. As palavras não eram nítidas, mas o ritmo e o tom de seu balbuciar eram os de alguém tentando resolver alguma coisa, não um problema matemático, mas um argumento dialético de alguma intensidade.

Quando irrefletidamente chamei seu nome, ele ficou tão assustado que cambaleou e quase perdeu o equilíbrio. Esticou o pescoço e me encarou com uma expressão. Aquela não era sua carinha feliz. Seguiu-se um silêncio significativo e castigador. Quem sabe qual grande ideia eu teria impedido de chegar a ele? Devagar, ele virou as costas, erguendo as penas da cauda, e tive certeza de que aquilo que caiu no chão era figurativamente direcionado a mim.

O terceiro problema surgiu certa noite sem avisar, enquanto eu dormia. Não o ouvi entrar. Na manhã seguinte, apareceu na cozinha, bocejando, descalço, usando uma calça de moletom cinza e uma camiseta branca manchada.

Quase derrubei meu suco de laranja, mas não tive medo. Soube imediatamente que aquele devia ser o homem que estivera lá antes, o estudante que se esquecera de deixar a chave quando partiu para Vermont. Alguém já conhecido do porteiro e cujo nome ainda constava na lista de pessoas com permissão para entrar no apartamento.

Tampouco ele ficou surpreso ao me ver. Ao chegar, depois de ter pegado carona com um amigo até o Brooklyn, reconheceu sinais da minha presença. Antes disso, porém, presumira que o lugar ficava vazio ao menos à noite. Ele sabia que Íris havia encontrado uma nova babá de ave, mas não havia motivo para ela atualizá-lo sobre minha mudança para o apartamento.

Quer dizer que Íris não sabe que você está aqui?

Ainda não, disse ele com uma naturalidade que me enervou.

Não entendo, eu disse.

Ele havia pegado um copo no escorredor e o estava enchendo de água da torneira. Continuou bocejando e balançando a cabeça como se não conseguisse acordar. Ele me fez esperar, bebendo a água até a última gota antes de dizer: Foi uma decisão de última hora. Uma emergência.

O que houve?

Eu só mudei de ideia, disse ele.

Você quer dizer que voltou para ficar? Sem perguntar nem dizer nada a ninguém?

Olha só, não é nada de mais, respondeu, parecendo um pouco irritado. Eu já colei aqui antes. Íris é grande amiga dos meus pais. De qualquer forma, agora posso cuidar de Eureca outra vez. Na verdade, foi em parte por isso que voltei. Senti falta do carinha.

Uma decisão de última hora, uma emergência, eu só mudei de ideia, senti falta do carinha. *Qual dessas explicações vale?* Eu queria gritar com ele. Não me preocupei em explicar que minha casa ainda estava ocupada pela pneumologista, que o hospital claramente ainda precisaria dela por um bom tempo, que de toda maneira era muito pequena para duas pessoas manterem uma distância segura uma da outra e que, além disso, a intensa exposição diária dela a pacientes de covid tornava o compartilhamento de um espaço um risco considerável.

Não queria discutir nada com ele. Só queria que Íris lhe dissesse que sua ajuda não era mais necessária e que ele deveria voltar para Vermont ou para onde quer que fosse. Imediatamente.

Vou ter que falar com Íris, falei de maneira ríspida.

Sem problema, disse ele. Ele olhava distraidamente para a cozinha. Tudo bem se eu preparar uma coisa para comer? Estou morrendo de fome.

Ele já estava vasculhando a geladeira.

Antes que eu pudesse me retirar, perguntou meu nome. Eu disse, mas ele não guardou, e apenas algumas horas mais tarde precisei repetir. Mesmo assim, ele não reteve, e ainda naquela noite falei de novo. Na manhã seguinte, ele se lembrou da segunda sílaba, mas errou a primeira. (Para ser honesta, isso acontece muito comigo.) Dessa vez não me preocupei em corrigi-lo.

O nome dele era incomum e começava com E. Vou chamá-lo de Ervilhaca.

— • —

Decidi falar primeiro com Violeta. Foi quando soube do quarto problema.

Pobre Íris! Falei com ela ontem à noite, disse Violeta.

Como se já não fosse assustador o bastante esperar o primeiro bebê no meio de uma pandemia e ficar presa tão longe de casa. E trancada com o sogro, o qual, eu sei, sempre irritou Íris. E agora ele está com o vírus! Sintomas leves, mas ainda assim. Ele tem setenta anos, e lá estão todos juntos na mesma casa, embora até agora ninguém mais tenha testado positivo. Eles não têm ideia de como isso aconteceu, já que ele quase não sai de casa — nenhum deles sai. Eu realmente gostaria que soubéssemos mais sobre esse vírus e sobre como se espalha.

Pelo jeito, ela vai precisar ter o bebê lá, disse Violeta. Não é seguro viajar, não é seguro estar em Nova York, e logo vai ser tarde demais para voar. Ela estava começando a se acostumar com a ideia quando o sogro ficou doente. É uma casa grande, e eles o isolaram, é claro, mas não é de admirar que ela esteja surtando. A saúde dela é excelente, mas uma gravidez nessa idade é considerada de alto risco. E agora a pressão arterial dela aumentou, o que pode ser um sinal de perigo. Pobre Íris.

Confesso que, embora sentisse por Íris, no momento estava um pouco mais focada na pobre de mim.

Preciso contar a ela imediatamente, eu disse. Ela tem de explicar a situação e fazer com que Ervilhaca vá embora. Quero dizer, obviamente ele e eu não podemos ficar aqui juntos durante todo o tempo, sobretudo porque não temos ideia de quanto tempo isto vai durar. E como eu poderia confiar nele? Ao que sabemos, ele não é exatamente o tipo responsável. Se ele sair, como vou saber que não irá a festas ou *raves* secretas ou sei lá o quê, como algumas pessoas — em especial as jovens — estão fazendo?

Quando Violeta sugeriu que talvez a médica pudesse encontrar outro lugar para ficar, levantei a voz.

E isso é justo? Que todos nós mudemos nossos planos para acomodar esse garoto esquisito? A mulher já foi expulsa de um lugar aqui, não vou obrigá-la a se mudar de novo. Ajudá-la me faz sentir como se eu estivesse fazendo pelo menos minha pequena parte pelos profissionais de saúde, algo bem mais útil que bater em uma panela estúpida todas as noites na janela. Além disso, eu me estabeleci aqui. Gosto daqui. Gosto de ter Eureca como companhia.

Não seja tão territorialista, disse Violeta. Não vejo por que vocês dois não podem dividir um espaço tão grande. Apenas mantenham horários diferentes e distância um do outro.

Está brincando? Quem deseja ficar trancado com um completo estranho?

Ele não é um completo estranho. É um amigo da família que foi convidado a ficar no apartamento antes de você. Não é somente um cara que surgiu do nada.

Bem, para mim ele é, falei, e é uma loucura que exista a expectativa de que possamos viver juntos.

Estes são tempos loucos, disse Violeta. As pessoas estão sendo forçadas a fazer todo tipo de coisa que prefeririam não fazer. Todos estão precisando se ajustar a fim de organizar as coisas à medida que seguem em frente.

É fácil para você dizer isso, com toda a segurança e a privacidade de sua mansão no campo. (Eu realmente nunca tinha pensado nisso antes, mas com a pandemia fiquei impressionada com a quantidade de pessoas que eu conhecia que tinham uma segunda casa.) O que você faria se ele aparecesse na sua porta?

Pense, disse Violeta. Ele pode ser útil para você. Não sabemos quão ruins as coisas vão ficar. Dizem que as pessoas em confinamento mais vulneráveis à depressão são as completamente isoladas. Pode ser bom para você ter alguém por perto, de preferência um jovem. Consigo ver como isso seria de fato estranho se sua idade estivesse mais próxima da dele, mas...

Ele não esqueceu de deixar a chave, falei.

Ele disse isso?

Não. Eu estou dizendo. Acho que guardou a chave para o caso de querer voltar.

Tanto faz, disse Violeta. Realmente não vale a pena se preocupar com isso. Acho que você pode pedir para ele ir embora, dizer que está desconfortável com vocês dois aí dentro, ver o que ele diz.

Acho que Íris ou o marido dela devem falar com ele, eu disse. A casa é deles.

Ok. Tudo o que estou pedindo é que, quando falar com Íris, tente não a pressionar, por favor. Ela estava chorando quando conversamos.

Decidi enviar um e-mail para Íris em vez de ligar. Passaram-se dois dias até que ela me telefonasse. Apesar de ele ter dito que também entraria em contato com Íris, ela ainda não havia recebido notícias de Ervilhaca.

Mas estive em contato com a mãe dele, disse ela. Queria saber toda a história antes de ligar para você.

É uma história ruim, continuou.

Os pais dele o expulsaram.

Isso não é nenhuma surpresa, disse ela. Ele está em guerra com eles há muito tempo. Você pode perguntar a Violeta sobre isso.

Embora Violeta não tivesse mencionado, descobri então que a mãe de Ervilhaca, sobre a qual me lembro vagamente de ter ouvido que era poeta, havia escrito um livro de memórias que submetera à análise de Violeta, que o recusara.

Sinto muito por tudo isso, disse Íris. Mas será que, por enquanto, você não poderia apenas suportá-lo? Eu gostaria que ele tivesse nos avisado, é claro, mas as coisas não estão normais para ninguém hoje em dia, não é mesmo? Posso lhe assegurar que ele é um bom garoto. A gente morava no mesmo prédio. Os pais dele ainda moram lá.

Espere, o que você disse?, perguntei. Eles têm apartamento em Nova York?

Sim, em Tribeca. Em Vermont fica a casa de campo.

Então, pelo amor de Deus, por que ele não pode ficar lá?

Íris fez uma pausa. Isso é um pouco complicado, disse ela. Ele odeia aquele apartamento. Muitos gatilhos, ao que parece. Até o terapeuta dele achou que deveria evitá-lo. É por isso que estava morando na universidade. Para ser honesta, os pais não se sentem confortáveis em deixá-lo sozinho no apartamento. Tiraram a chave dele há um tempo.

Por quê?

Parece que uma vez, quando estavam de férias e ele ficara lá sozinho, ele destruiu a casa.

Sério?

Não. Retiro o que disse: *destruiu* é uma palavra muito forte. Fez alguns estragos. Quebrou umas coisas. Ele devia estar bêbado ou chapado na hora. Ficou com raiva de alguma coisa — ele tinha problemas com raiva — e quebrou objetos. E acho que alguns eram valiosos. Desde então, sua mãe tem um pouco de medo dele... bem, não dele exatamente, mas do que pode fazer.

Eu queria ressaltar que realmente não havia tal distinção.

É uma boa pessoa, voltou a insistir. E, embora tenha tido alguns problemas quando era mais jovem, estava bem melhor... até esta maldita pandemia. Ele queria sair da cidade, disse ela. Queria ficar com os pais, mas acho que foi demais para eles, ficarem presos juntos em uma pequena cidade nas montanhas. Para começar, ele se recusou a assistir às aulas remotamente. E continuou brigando com os pais por causa disso, até que um dia anunciou que não precisava mais assistir às aulas porque estava desistindo do curso. Decidir uma coisa dessas estando no meio do último semestre. Você pode imaginar como isso terminou.

Mas, segundo a mãe, disse Íris, foi impossível conviver com ele desde o dia em que chegou — sem avisar, como parece ser o costume dele. (Ela riu; eu, não.) Simplesmente apareceu. Mal-humorado e hostil, a mãe reclamou, e continuou dizendo as coisas mais horríveis para ela — a mulher não disse exatamente o quê, mas o comportamento do filho estava causando muita tensão também entre ela e o marido. Todos os dias havia pelo menos uma explosão, e eles começaram a ter dificuldade para se concentrar no trabalho. E, depois de um conflito bem feio, ela e o marido decidiram que não tinham escolha a não ser pedir que o filho fosse embora.

Eu me sinto mal por lhe contar tudo isso, disse Íris, porque sei que deve fazê-lo parecer terrível. Mas o conheço há muito tempo e, se não confiasse nele, nunca o teria deixado ficar em casa. É que com os pais... bem, a verdade é que ele sempre foi um grande problema para eles.

E agora era um para mim.

Depois que desligamos, ocorreu-me que ela não havia perguntado nada sobre Eureca.

Acho que ela tem muitas outras preocupações agora, disse Violeta. Ele não é a primeira coisa que lhe ocupa a mente.

Transtorno explosivo intermitente. Esse é o termo clínico, disse Violeta. Começou na época em que atingiu a puberdade.

Isso estava no livro da mãe dele?

Sim.

A mãe dele escreveu um livro sobre isso?

Não. O livro era sobre sua vida, sua infância — a qual fora incomum, porque seu pai era diplomata e ela cresceu viajando o mundo — e sobre como foi se tornar poeta. Você sabe, um daqueles livros de primeiras memórias do escritor. Mas também escreveu sobre ser esposa e mãe. O marido é pesquisador de uma empresa de consultoria política, quase aposentado e um pouco mais velho que ela. Ela estava na casa dos quarenta anos quando engravidou, e o marido já tinha filhos e netos de outro casamento. Eles provavelmente não tinham energia sequer para criar uma criança normal, muito menos uma criança difícil. Na verdade, não planejavam ter filhos. Mas a gravidez foi tão surpreendente que para ela parecia uma espécie de milagre. Decidiu que a maternidade era algo que não queria perder, no fim das contas. E ela é bastante franca sobre o fato de ter se arrependido disso.

Ao que me lembro, continuou Violeta, ele teve babá até entrar na escola, e foi quando as coisas começaram a dar errado. Era um menino tímido e rechonchudo que sofria muito *bullying*. Sempre foi um bebê chorão — não no sentido de ser mimado, mas uma daquelas crianças que estão sempre chorando.

Como Amarílis, eu disse.

Sim, como Amarílis. E, se você for como Amarílis e também um menino, há uma boa chance de ser um solitário —

e um alvo. Então lá estava ele, um filho único muito sensível e emotivo. Sem amigos. Você sabe, *aquele* tipo de garoto.

Eu sabia — e estremeci ao me lembrar de um nanico com cabelo crespo da escola que frequentei na escola primária e da alegria que até mesmo as meninas sentiam ao empurrá-lo e chutá-lo.

Então, finalmente, continuou Violeta, a partir do sexto ano, ele conseguiu se aproximar de outro garoto. Durante um ano inteiro, os dois foram inseparáveis. O que aconteceu então? Todo verão, a família do menino ia para o Havaí visitar parentes. E naquele verão o menino estava aprendendo a surfar — eu não sabia que garotos tão jovens podiam surfar, mas podem — e se afogou. Era de esperar que seus colegas de classe dessem uma folga ao pobre garoto...

Mas o *bullying* só piorou, interrompi. (Já existiu algo mais previsível do que a crueldade humana? Ou mais arrepiante do que ver quão cedo tudo isso tem início?)

Os pais o deixaram faltar às aulas por algumas semanas, disse Violeta, mas estavam impacientes com as lágrimas e a incapacidade dele de seguir em frente, mesmo com a ajuda de um terapeuta especialista em luto. Na verdade, o pai, ele próprio aparentemente um valentão, sempre se incomodou com o sentimentalismo do filho. Tudo que queria era que o garoto crescesse.

Embora suas notas fossem sempre ruins, continuou Violeta, estava claro que de fato ele era muito inteligente. E, assim que chegou ao ensino médio, se tornou competitivo. Nunca se importara com isso antes, mas agora queria provar quanto era inteligente, queria mostrar isso às pessoas. Queria superar todos os outros, queria notas máximas, e realmente chegou perto disso. Ao mesmo tempo, ficou obcecado com a aparência, com o corpo, o peso e o físico.

Eu o vi uma vez, disse Violeta. Estava trabalhando como garçom em uma das festas de Natal de Íris, um garoto atraente, musculoso e de cabelos compridos. Ele começou a praticar musculação e a se exercitar fanaticamente por volta dos catorze, quinze anos. Havia dias em que treinava por oito horas, disse sua mãe. Então descobriu a dieta. Quando os pais entenderam o que estava acontecendo, ele havia desenvolvido um distúrbio alimentar significativo. Todo mundo pensa nisso como um problema de menina — você teve, eu tive, Amarílis teve —, mas meninos também podem ter. Na realidade, ouvi dizer que os distúrbios alimentares entre os homens estão aumentando. De toda forma, ele passou o verão entre o penúltimo e o último anos do ensino médio internado em um hospital psiquiátrico, em algum lugar de Nova Jersey. Os pais ficaram preocupados com a possibilidade de ele nunca conseguir cursar uma faculdade. Mas, como vemos, ele conseguiu e deve se formar este ano. Não faço ideia da razão que o leva a falar em desistir. Talvez seja apenas conversa fiada. Eu culpo a situação, este momento completamente distorcido que todos estamos vivendo. Ninguém que eu conheça está pensando direito ou se comportando normalmente hoje em dia.

Você sabe como foi quando a pandemia começou, todo mundo entrou em pânico, disse Violeta. Todos só queriam estar em algum lugar onde pensassem estar seguros. Acho que, como a maioria dos outros estudantes, ele acreditou que deveria ir para a casa da mamãe.

(Mas legiões de estudantes universitários consternados bradaram: *Vocês não podem me expulsar do dormitório, não quero ir para casa, não é seguro para mim ficar trancado em casa!*)

Por que recusou o livro dela?, perguntei. Não era bom?

Algumas partes eram muito boas, disse Violeta. Ela escreveu sobre o que acontece quando um filho cria uma barreira entre um casal feliz e ameaça o casamento e quando o amor pelo marido supera o amor pelo filho. E achei isso interessante e admirável por conta da honestidade — nada daquele sentimentalismo piegas que se costuma ouvir a respeito do tema da maternidade. Mas o restante do livro não era tão centrado. Memórias pessoais são difíceis de vender, e isso inclui livros de memórias de escritores. E ela nem é uma escritora famosa. No final, tratava-se mais de uma autobiografia do que de um livro de memórias, e isso não é algo que os livreiros estejam procurando. E, além de tudo isso, o livro me deixou nauseada.

Por quê?

A mãe escrevendo sobre o filho daquela maneira, simplesmente não parecia certo para mim... expor o garoto e seus problemas.

E os filhos que escrevem sobre os pais?

É diferente.

Por quê?

Bem, digamos apenas que é onde eu estabeleço meu limite. Não podia deixar de pensar: ela é a mãe dele, deveria protegê-lo.

Mas, se soubesse que o livro venderia um milhão de exemplares, você o teria contratado.

Sim, é claro. Mas, voltando a *você*, acho que você pode confiar no julgamento de Íris. Ela o conhece desde que ele era criança. Na verdade, houve um tempo em que ele praticamente morava no apartamento dela. Ela não sabia se algum dia seria capaz de ter um filho, e ele era um ímã para seus sentimentos maternais. E, embora ela e os pais dele fossem amigos, sempre ficava chocada com a incompetência do casal em criá-lo, com a impaciência e a crítica. De toda forma, considerando o que Íris sente por Eureca, você sabe que ela nunca o deixaria nas mãos de alguém instável.

Não estou dizendo que ele provavelmente não terá mais problemas, acrescentou ela. Qualquer pessoa com uma história como a dele... tais pessoas permanecem sempre vulneráveis. Como era mesmo? Como eu poderia saber se um dia a redoma de vidro não desceria novamente?

Era assim: "Como eu poderia saber se algum dia — na faculdade, na Europa, em algum lugar, em qualquer lugar — a redoma de vidro não desceria novamente sobre mim, com suas distorções sufocantes?".

E como posso saber que ele não terá mais um de seus ataques de raiva?, perguntei. Que ele não vai decidir quebrar novamente as coisas?

Violeta riu. Estava mais preocupada com a possibilidade de eu fazer isso, ela disse.

Violeta estava certa (Violeta em geral estava certa): não era difícil para Ervilhaca e eu nos evitarmos. Tínhamos nossos quartos separados com — misericordiosamente — nossos próprios banheiros; tínhamos rotinas diferentes. Eu levantava cedo, ele levantava tarde, quando eu já tinha saído. Com o tempo mais ameno, eu me afastava cada vez mais, aventurando-me cada vez mais longe, parando em parques ao longo do caminho. Ainda que nunca levasse o celular comigo, sempre tinha algo para ler.

Parece mais sonho que memória e lembrança de quão transformada estava a cidade abatida. Durante anos, fiquei desanimada com sua crescente desfiguração: os arranha-céus brutais, o lixo acumulado e o barulho infernal, a publicidade berrante para onde quer que se olhasse.

Na cidade nunca fui livre, disse um homem que se tornou eremita. Na cidade há sempre alguém no seu caminho. Vinte anos morando em cavernas trouxeram contentamento, disse ele. (Sobre a porca que era sua única companheira, ele disse a um repórter: Eu a amo e ela me escuta.)

Agora não podia deixar de me sentir culpada pelo prazer que sentia nas ruas sem vida. Ser a única pedestre, quarteirão após quarteirão, ter todo aquele espaço só para mim no Central Park. (E ah, os falcões de cauda vermelha, a águia careca pousando quase a meus pés.) Se no passado muitas vezes me vi desejando estar em outro lugar, grata por qualquer motivo que me afastasse temporariamente de Nova York, assim que a pandemia começou, eu não queria deixá-la. Eu não compartilhava do ressentimento generalizado em relação aos que haviam fugido para suas casas de campo, mas entendia a fantasia comum de que os muitos que se foram — junto aos milhões de turistas desaparecidos — não voltariam.

Coisas que uma pessoa com um celular poderia ter tentado fotografar e compartilhar:

Jovens amantes debruçados em uma varanda, beijando-se apaixonadamente através das máscaras.

Um poodle preto usando capa de chuva, botas e máscara com estampa de leopardo. (Não há nada que os cães não aceitem vindo de nós?)

Na vitrine de uma floricultura fechada, uma sobra de Antes: *Há vagas. Deve ter indicação.*

Marquise do cinema: NOS VEMOS QUANDO ISSO ACABAR.

Ele também saía todos os dias, não para caminhar, mas para andar de bicicleta. (Minha respiração ficou presa na garganta na primeira vez que o vi sair do apartamento: um super-herói em carne e osso com a camisa e a bermuda de ciclismo.) Em geral, já havia saído quando eu voltava. Não costumávamos usar a cozinha ao mesmo tempo, e quase sempre, quando o encontrava, ele estava com fones de ouvido. Uma vez, quando estava sentado no balcão da ilha, consegui passar pelas costas dele e chegar até a geladeira, pegar o que eu queria e sair de novo sem que ele sequer me notasse. Fiquei surpresa por ele sempre limpar o que sujava e ainda mais surpresa ao ver suas compras: estava seguindo uma dieta (vegana) mais variada e saudável do que a minha.

Sem discussão, ele simplesmente assumiu os cuidados de Eureca (mas deixou as plantas para mim). Eu ainda passava um tempo com Eureca todos os dias, mas não suportava ficar no quarto quando Ervilhaca também estava lá. Como doía vê-los juntos na *minha* poltrona. Como é humilhante sentir ciúmes. Íris havia me pedido especificamente para não deixar Eureca sair de seu quarto, mas Ervilhaca muitas vezes andava pelo apartamento com ele no ombro.

Somos amigos, explicou, para me fazer sentir ainda mais excluída.

Um dia eu estava brincando com Eureca e Ervilhaca entrou de repente. Deu uma boa olhada ao redor do quarto como se o visse pela primeira vez e disse: Este lugar é de foder.

Eu não queria estabelecer uma conversa com ele, mas estava curiosa. O que ele quis dizer com isso?

Quero dizer, olhe só para isto, disse com um movimento do braço. Criaram toda uma selva falsa para ele quando, em primeiro lugar, ele nem deveria estar aqui. Como se estas pinturas pudessem compensar o fato de tê-lo tirado da floresta e colocado na gaiola. Uma gaiola gigante ainda é uma gaiola. E, para ele, este lugar todo é: uma jaula dentro de uma jaula dentro de uma jaula.

Tomei um susto. Será que ele já havia manifestado sua desaprovação a Íris?

Ela não o tirou da floresta, eu disse. Ela o comprou de um criador.

Ele me lançou um olhar de desdém.

Um animal silvestre criado em cativeiro ainda é um animal silvestre, disse ele. E por que as pessoas criam papagaios que sabem que nunca viverão na natureza? E quando não podem ter certeza do tipo de pessoa com as quais essas aves vão parar? Para ganhar dinheiro, isso é tudo. Essa é a única razão. São eles que deveriam estar na gaiola.

Só há uma desculpa para possuir uma ave silvestre, disse ele, só no caso de ela ter sido resgatada. E existem muitas nessa situação.

Ele me contou algo que eu não sabia: Eureca fora um presente de aniversário do marido para Íris.

Deveria ter adotado um, disse Ervilhaca. Mas estava com medo de fazer isso porque, como todos os animais resgatados, as aves resgatadas muitas vezes vêm com problemas — problemas que, em primeiro lugar, as tornaram resgatadas, problemas muitas vezes causados pelas próprias pessoas que as abandonaram. E por que sua preciosa esposa deveria lidar com tais problemas?

Era chocante ouvi-lo atacar Íris assim — ela que era tão afetuosa, tolerante e indulgente com ele.

Veja isto, ele disse, pegando no armário um exemplar da pilha de livros sobre aves. Quando publicado, foi extremamente popular — você sabe como todo mundo adora uma boa história de amor humano-animal, não sabe? Então o que aconteceu? Todas as pessoas que leram o livro decidiram que queriam ter a mesma experiência mágica. Também quiseram um Alex na sua vida! Mas então muitos desses Alex acabaram dando muito mais trabalho do que se pensava, ou o Alex que conseguiram ter não era como a celebridade Alex, não era tão inteligente ou divertido, e, de uma forma ou de outra, as pessoas ficaram desapontadas ou talvez apenas tenham se entediado. E agora há a porra de uma infinidade de papagaios-cinzentos africanos sem teto. A maioria deles com décadas de vida ainda pela frente.

É como o que acontece todo Natal, prosseguiu. As pessoas pegam filhotes que acabam não mantendo. Como os pintinhos e os coelhinhos que as pessoas dão aos filhos na época da Páscoa. A atitude delas é tipo: Ah, quer dizer que eles não continuam sendo bebezinhos fofos? Quer dizer que eles crescem?

Pensei na famosa queixa sobre os filhotes de gato feita pelo poeta Ogden Nash.

Pensei no terapeuta familiar deprimido que certa vez ouvi dizer que conheceu muitas pessoas que, de alguma forma, não conseguiram estimar que ter um bebê significava um dia ter um filho adulto.

Pensei em todos os animais de estimação da pandemia.

Mas eu não disse nada. Desconfortável, suponho, pelo meu silêncio, ele se desculpou.

Eu não queria ter explodido assim, disse ele. Não queria ter interrompido sua brincadeira com Eureca. (Desde o momento em que Ervilhaca entrou no quarto, Eureca vinha tentando chamar a atenção dele, pulando na ponta do sapato, puxando a bainha da calça com o bico.) Finalmente, para meu alívio, ele saiu.

Poucos dias depois, porém, ele explodiu novamente. Dessa vez foi sobre a cozinha, onde me encontrou quando eu almoçava. Enquanto preparava o próprio almoço, fez comentários sarcásticos sobre os painéis que ocultavam os eletrodomésticos. O fogão e a geladeira custaram cerca de vinte mil dólares cada um, disse ele. Como ele sabia disso? Eram das mesmas marcas que seus pais tinham no *loft* deles. E, assim como Íris e o marido, os pais dele tinham três casas.

Ele achava que deveria ser ilegal ter várias casas. Não porque houvesse tantos sem-teto no mundo — embora isso fosse um fato, é claro —, mas porque esse estilo de vida não era sustentável. E todo mundo sabe disso, continuou. Mas, em vez de reduzirem o espaço, as pessoas encontram desculpas. Segundas residências são boas para a economia!

A mesma coisa com as viagens, disse. Voar é uma das coisas mais prejudiciais que uma pessoa pode fazer ao meio ambiente, mas sugira que viajem menos: elas começarão a falar sobre turismo e sobre como seria ruim para a economia de todos esses destinos de férias se os turistas parassem de ir para lá.

Não estou dizendo que não existe verdade nisso, disse. Mas e a verdade maior? Nossa única esperança é que todos concordem agora em viver da maneira como milhões de pessoas em todo o mundo vivem porque não têm escolha, o que significa consumir o mínimo possível. Tornar a sociedade mais equânime, dizem os liberais, e, claro, isso parece ótimo. Mas trazer mais pessoas para o nosso nível de afluência só vai destruir mais ecossistemas, matar milhões de espécies de plantas e animais e tornar a Terra cada vez mais inabitável. O que realmente precisa ser colocado em prática é fazer com que todos vivam mais perto da pobreza. Mas é claro que ninguém quer ouvir isso.

Eu não disse, naquele momento, que não queria ouvir isso. Ou que ele não precisava me ensinar sobre coisas que eu já sabia. Não discuti quando ele disse que possuir várias casas deveria ser ilegal. Agradeci pelo fato de, graças à amplitude da cozinha, ele e eu podermos almoçar sentados a quase dois metros de distância um do outro.

Imaginei que esse tipo de discurso tenha contribuído de alguma forma para que seus pais não suportassem viver com ele. (Na verdade, ele já me contara que o verdadeiro motivo de sua ida para Vermont não era ficar com a mamãe. Parecia que um dos cachorros — um velho border collie que estava na família desde que ele era menino — estava perto do fim, e ele não suportava a ideia de não estar com o animal uma última vez para se despedir.)

Ele estava correto em relação ao preço desses eletrodomésticos? Estava. Mas minha pesquisa no Google também revelou um fogão que custava meio milhão de dólares. Sem dúvida, outros poucos cliques me levariam a outro que custasse ainda mais; aqueles que podem pagar meio milhão de dólares por um fogão precisam ter algo pelo qual lutar.

Ele disse: Você nunca come nada além de queijo quente e torrada com avocado?

Era a minha maneira de manter as coisas simples: comer a mesma comida todos os dias. Um hábito que desenvolvi bem antes do confinamento e uma parte da minha vida que não mudou. Mantive as coisas simples também porque não gostava de cozinhar, e não gostava de cozinhar em parte porque, quando o fazia, era mais provável que comesse demais, e, em geral, comer pequenas porções ao longo do dia era para mim mais satisfatório do que fazer três grandes refeições. Mas não gostava de cozinhar sobretudo porque não era boa nisso, nunca fui boa nisso, embora tenha havido períodos em que gastava muito tempo e energia tentando ser, se não boa, ao menos competente. Esses eram invariavelmente os mesmos períodos em que eu tentava manter um ou outro relacionamento, e, embora o fim desses relacionamentos dificilmente pudesse ser atribuído à minha falta de habilidade culinária ou de qualquer outra habilidade doméstica, os dois tipos de fracasso permaneceram ligados em minha mente. Representaram, para mim, algum tipo de fracasso feminino, ainda que muito abaixo do fracasso em ter filhos — aquela que rejeita a maternidade está sendo depreciada por tantos, incluindo nada menos que uma autoridade como o papa, que recentemente condenou a preferência por filhos *de pelos* como "um sinal de degradação cultural".

Por que o prato que eu preparava nunca ficava tão bom quanto a receita me fez pensar que ficaria ou como se tivesse sido feito por outra pessoa? Talvez porque, com frequência, na confusão que fazia enquanto cozinhava (nunca tendo dominado o essencial "lavar a louça à medida que avança"), mais tarde descobria um ingrediente que tinha definido de antemão, mas que, de alguma forma, eu havia dado um jeito de esquecer.

(Sempre fico admirada ao ver receitas descritas como rápidas e fáceis que acabam exigindo alguns poucos ingredientes e o uso de um processador de alimentos. Sem falar na compra dos insumos e na limpeza da cozinha após a refeição.)

Quando surgiu aquela paixão por organizar a casa, uma das primeiras coisas de que me livrei foi de toda uma prateleira de livros de receitas, pois nenhum deles havia sido aberto não sei dizer por quanto tempo. E uma vez, quando meu forno parou de funcionar, demorei mais de dois anos para substituí-lo.

Em um grupo de terapia para pacientes com distúrbios alimentares — todas jovens mulheres —, uma delas relatou a intensa satisfação de cozinhar uma refeição elaborada e despejá-la, garfada após garfada, no vaso sanitário, e outra, de matar seu apetite cobrindo a língua com pomada para dores musculares. Outra lamentou o fato de não haver algo como uma barriga cheia inocente. Qualquer coisa que encontrasse em seu prato fora inevitavelmente, em algum lugar ao longo do caminho, seja no campo, na fazenda ou na fábrica, envolvida na exploração de trabalhadores humanos ou na tortura ou matança de animais — todos esses males juntos.

Não há maneira de viver exceto ferindo os outros — por que o mundo foi feito assim? Como tal mundo poderia ser a criação de um Deus *amoroso*?

Quando Simone Weil, aos trinta e quatro anos e acometida por tuberculose, morreu de fome após se recusar a comer algo além das rações destinadas aos soldados franceses que lutavam na Segunda Guerra Mundial, ela não estava tentando morrer (ainda tinha muito a fazer), estava tentando ser uma boa pessoa.

Uma queixa em um grupo de bate-papo na internet dedicado à bulimia: dizem-nos repetidamente que estamos arruinando nossa saúde, arruinando nossa aparência e, em seguida, mostram imagem após imagem da princesa Diana bulímica de longa data parecendo nunca menos do que perfeita até o dia em que morreu.

Diferentemente de mim, Ervilhaca gostava de cozinhar. Aprendeu tudo sobre culinária vegana como parte do tratamento durante o verão no hospital psiquiátrico, contou. Preparava acima de tudo pratos simples de vegetais e grãos, ou vegetais e tofu, tacos e curry, demonstrando mão pesada com temperos, e muitos *smoothies*. Cozinhava muito: a geladeira ficava lotada de sobras, que ele me incentivava a comer, e eu seguia ignorando-o.

Recentemente havia parado de beber. Estava bebendo muito — cerveja ou vodca — antes de precisar deixar o dormitório na universidade. Chegara a desmaiar algumas vezes. Numa delas, participava de uma festa em um dormitório onde houve uma agressão sexual. Embora não estivesse no quarto onde isso ocorreu, teve de admitir, quando questionado pela polícia, que não se lembrava de boa parte daquela noite, incluindo quando e como havia saído da festa. Isso me assustou, disse ele. Mas se automedicava — diariamente — com maconha. Também se empanturrava de sorvete vegano.

Um misantropo. Um *mansplainer*. Possivelmente um ecoterrorista em potencial, contei a amigas durante um de nossos *happy hours* pelo Zoom. Eu só queria que ele fosse embora.

Tive contato com pessoas como Ervilhaca pela primeira vez na faculdade: jovens nascidos para o privilégio, criados no privilégio e sempre protestando contra o privilégio. Todos os que eu conhecia acabaram vivendo praticamente o mesmo estilo de vida dos pais: profissões de elite, carteiras de investimento, viagens internacionais, casas de veraneio.

Eu me irritava com um homem com quem morei em razão da maneira como se referia à casa de campo que vislumbrava em nosso futuro. Não precisamos de dois micro-ondas, eu dizia, vamos nos livrar de um. Ao que ele objetava: Não, vamos guardar para quando tivermos nossa casa de campo. Minha irritação vinha do fato de que, naquela época, estávamos com sérios problemas para bancar as despesas, sobrecarregados de dívidas (principalmente dele), o aluguel sempre atrasado, vivendo à base de refeições baratas em uma desolada região industrial do Brooklyn, e, levando isso em consideração e a vida que havíamos escolhido, o trabalho artístico mal remunerado ao qual decidimos nos devotar, a ideia de uma casa de campo parecia tão fora de alcance a ponto de ser uma completa fantasia. E, em meio a essa luta — uma luta que desempenhou um papel significativo, posso dizer, em nosso rompimento —, eu tinha pouca paciência para fantasias.

Com o tempo, uma casa de campo de fato se materializou. A essa altura, nós dois estávamos separados havia muito tempo. Quando a pandemia começou, ele se retirou para lá com a esposa.

Outra ironia: aquela velha e desolada esquina do Brooklyn agora abriga alguns dos imóveis mais caros da cidade. Mas você sabia que eu ia dizer isso.

Um dia, quando eu estava de saída, ouvi gritos. Era Ervilhaca ao telefone com alguém que a princípio imaginei ser um de seus pais, mas na verdade era a namorada. Era colega de classe dele, agora abrigada com a família em Chicago.

Quantas vezes preciso te dizer? Você sabe o que eu quero. Eu já te disse uma centena de vezes. Eu te amo. Eu te amo, mas não posso mais continuar assim. Agora, sempre que nos falamos, brigamos. Isso está me matando. Você diz que não te escuto, mas é você quem não quer ouvir. Por favor, decida-se. Faça o que quiser, só por favor, apenas por favor, por favor, pare de me enrolar.

É necessário aprender com a experiência o que um personagem de um conto de Edna O'Brien afirma: que a razão pela qual o amor é tão doloroso é que sempre equivale a duas pessoas querendo mais do que duas pessoas podem dar.

Quando criança, eu achava que, adulta, escreveria livros infantis. Um pouco mais velha, achei que fossem histórias de amor que eu escreveria: grandiosas e românticas histórias de amor. Mais tarde, soube que não dava mais para escrever esse tipo de história. Estou me referindo à trama do casamento, algo central naqueles romances clássicos que me fizeram desejar escrever esse gênero. A corte para o casamento não era mais um enredo promissor. Um casamento no final não poderia significar que tudo no mundo estava certo. A fornicação não era um caminho garantido para a ruína, o adultério não significava que alguém precisava morrer, e apaixonar-se não era mais a chave para entender a si mesmo. A literatura havia abandonado tudo isso.

Então, por que às vezes ainda me ocorre o desejo de escrever uma história de amor antiquada? Ficção pura, não baseada em minhas próprias experiências.

Diz-se que Wagner compôs a ópera *Tristão e Isolda* porque desejava escrever sobre um grande amor como nunca havia experimentado. O que para ele significou uma violenta tragédia de proporções épicas na qual ambos os amantes passam por um sofrimento angustiante e acabam mortos.

A parte de nós que deseja se casar e constituir família é aquela que deseja ser normal como as demais pessoas, trilhar o caminho que fomos ensinados a acreditar ser o certo — não apenas para a felicidade, mas para a respeitabilidade, a aceitação, o senso de comunidade. A parte de nós que deseja viver um romance mágico e arrebatador é a parte que deseja enlouquecer.

Em relação aos homens da minha vida, não amei todos igualmente e às vezes me pergunto: aquele que mais amei sabe que foi o mais amado? Ou todos eles acham que foram o Escolhido?

Mesmo que eu escrevesse sobre minhas próprias experiências, ainda haveria muito de ficção: não existe narrativa mais propensa a distorções que as memórias de um amor que deu errado.

Em um *hit* dos anos 1960, um homem espera encontrar um emprego para poder comprar o carro e os "presentes bonitos" que farão com que ele e a namorada façam história — assim como Romeu e Julieta. E, se não encontrar um emprego, ele canta, o amor deles terminará em tragédia, assim como Romeu e Julieta.

Sobre a memória do meu primeiro amor, paira uma sombra. Eu tinha mais ou menos a idade de Julieta quando teve início, e ele era dois anos mais velho. Frequentávamos a mesma escola, quase cem por cento branca. Ele veio de um mundo totalmente diferente do meu: casarão na colina, clube de campo, branco, anglo-saxão e protestante. Para o pai dele, nosso namoro era uma vergonha. Ficou tentando nos separar. Quando nada mais funcionou, ameaçou tirar as chaves do carro do filho. Essa foi por pouco. Mas seguimos em frente, o amor conquistando tudo, nossa vida como uma canção de rock and roll. E no final não foi o preconceito que escreveu nossa última linha. Foi o Vietnã.

INTERLÚDIO

Gosto da maneira como Rousseau declara na primeira frase de sua autobiografia que está prestes a fazer algo que nunca foi feito e nunca mais será feito.

O problema com qualquer primeira frase, disse Joan Didion, é que você fica preso a ela. Todo o resto fluirá dela. E, quando você terminar de escrever as *duas* primeiras frases, todas as suas opções se esgotaram.

Antes de começar, muitas opções. Então, na respiração seguinte, nenhuma.

Quando você não consegue dormir, dizem que uma velha cura para a insônia é contar a si mesmo a história da sua vida. Por alguma razão, o bloqueio de escritor sempre me pareceu uma espécie de insônia.

Gosto do fato de Norman Mailer ter dito que há um toque de bloqueio de escritor todos os dias no trabalho de um escritor.

Não me lembro quem disse: A insônia é a incapacidade de esquecer.

Quando estiver com dificuldade para escrever, levante, saia, dê uma volta na rua. Você descobrirá que determinadas ruas existem justamente para isso. Certa vez, vi um homem — sem-teto, ao que parecia — vasculhando o lixo. Puxou algumas folhas de jornal, examinou-as e as jogou de volta. Pescando mais fundo, apanhou uma revista, olhou de soslaio para a capa e jogou-a de volta. Merda, disse, afastando-se. Não há mais nada para ler nestas malditas latas.

Rousseau continua dizendo que embelezou a história de sua vida apenas para preencher um vazio quando a memória falhou. Mas é claro que ele nunca avisa o leitor de cada um desses casos.

Nunca escreva "não me lembro", diz o Editor; isso mina sua autoridade.

Mas, se escrever como se você se lembrasse de tudo, o Leitor desconfiará.

Gosto do fato de um aluno da graduação da minha turma de escrita de ficção ter dito: Li seus romances e há uma coisa que preciso perguntar. Você inventou algumas daquelas coisas?

Gosto do fato de Allen Ginsberg ter dito a um adolescente que queria saber sobre o que deveria escrever que ele deveria escrever sobre o amor por seus amigos.

Certa vez cometi o erro de escrever sobre um amor logo depois que ele teve fim. Esqueci o conselho de Tchekhov de que você deve sentar para escrever somente quando se sentir frio como gelo.

Como pode um homem que nada sabe sobre o amor ser um grande romancista?, um personagem de um romance de J. M. Coetzee diz sobre um personagem chamado John Coetzee.

Gosto do fato de Virginia Woolf ter dito: Tudo o que leio hoje, incluindo meu próprio trabalho, me parece muito longo.

Do que Borges disse: Diferentemente do romance, um conto pode ser, para todos os fins, essencial.

Mas não do que Jeanette Winterson disse: Acho que livros longos são rudes.

Não do que Céline disse: Romances são como rendas, uma arte que teve fim com o convento.

Cada vez mais, gosto da ideia de um pseudônimo.

*Sugared Nouns** foi a sugestão do computador, depois de autocorrigir a grafia do meu nome.

Alguns escritores usam pseudônimos para serem mais verdadeiros; outros, para que possam contar mais mentiras.

---

* Nesse jogo de palavras com o próprio nome, Sigrid Nunez se refere, na tradução para o português, a "Substantivos Açucarados". [N.T.]

Gosto de como Lily Tomlin apresentava uma parte de seu espetáculo: A esquete a seguir é sobre meus pais. Mudei o nome deles para proteger sua identidade.

Você pode começar com obras de ficção ou com documentários, de acordo com Jean-Luc Godard. De qualquer maneira, você inevitavelmente encontrará o outro.

Gosto do fragmento de gelo no coração que Graham Greene achava que todo escritor deveria ter. Eu tenho.

E do grão de estupidez que Flannery O'Connor disse que o escritor de ficção não pode prescindir. Também tenho isso.

Gosto do que Alan Bennett disse: Para um escritor, nada é tão ruim quanto é para outras pessoas, porque, por mais terrível que seja, pode ser útil.

O oncologista diz: Isso não se parece com nenhum escritor que *eu* conheço.

Gosto da paráfrase de Bennett de John Banville: Os escritores não sofrem tanto quanto as outras pessoas.

Um enorme golpe de sorte foi como García Márquez descreveu seu diagnóstico de câncer, pois isso o estimulou a começar a escrever sua autobiografia.

Há sempre uma folha de papel. Há sempre uma caneta. Há sempre uma saída, escreveu H. L. Mencken, o qual, no entanto, esperava que a própria vida não durasse muito.

Escrever... papel... lápis... dizem que essas foram as últimas palavras do poeta Heine. A não ser que tenham sido: É claro que Deus vai me perdoar; esse é o trabalho dele, como também foi relatado.

Gosto do fato de, no final da vida, Darwin ter dito que gostaria de ter lido mais poesia.

De que Keynes tenha dito que gostaria de ter bebido mais champanhe.

Do que Tchekhov disse: Faz muito tempo que não bebo champanhe, e depois esvaziado a taça e morrido.

Gosto de últimas palavras. Beethoven: Eu escutarei no Céu.

Käthe Kollwitz: Boa sorte a todos.

Traga-me uma escada. Rápido, uma escada! (Gogol)

E epitáfios malucos: Sei que nem todo mundo está descontente com isso.

Eu queria escrever um romance cômico, então percebi que tinha à mão minha própria vida.

Sugared Nouns: minha vida e minha morte como escritora.

Uma vez que você começa a trilhar o caminho da autobiografia, preocupava-se Calvino, onde você para?

Posso contar a história da minha vida em apenas quatro palavras. Tempos bons, tempos ruins.

Sempre haverá rendeiras. Sempre haverá conventos.

Mas em relação a você, meu amor, nunca me sentirei fria como gelo.

PARTE DOIS

Vi o caderno assim que entrei no parque. Alguém o havia deixado em um banco, onde sua capa vermelha vibrante chamou minha atenção: um Moleskine tamanho médio (por acaso eu tinha um igual). Certamente não de propósito, pensei. Alguém devia estar sentado ali, provavelmente escrevendo nele, então o pôs de lado e se esqueceu dele. Era o tipo de erro que as pessoas em todos os lugares relatavam naqueles dias, erros causados por uma desatenção incomum: um sintoma de nevoeiro cerebral pandêmico. (Por duas vezes até então eu tinha esquecido de retirar meu cartão do banco após usar o caixa eletrônico.) Olhei em volta, mas não vi ninguém, exceto um funcionário do departamento de parques à frente, coletando lixo.

Peguei o caderno e o abri na folha de guarda, onde sabia que encontraria um espaço para informações sobre a devolução do diário — e até mesmo uma linha para anotar o valor da recompensa. Mas tal informação não havia sido preenchida.

Nesse momento ela apareceu, caminhando rapidamente em minha direção. Usava um casaco da mesma cor escarlate do caderno e uma boina de feltro também vermelha, embora um pouco mais clara. De onde eu estava, pude ler sua ansiedade — em seu andar e, conforme se aproximava, em sua expressão. Devia ter percebido que esquecera o caderno e voltara correndo para recuperá-lo; devia ter ficado preocupada com a possibilidade de ele ter desaparecido.

Mas, quando me viu ali parada, com o caderno na mão, a mulher congelou e, em vez de feliz, agradecida ou aliviada, pareceu consternada.

Confusa, mas com o que eu esperava ser um olhar tranquilizador meu, estendi o caderno para ela: É seu?

Ela fez que não com a cabeça — uma vez, mas definitivamente —, evitando meus olhos, antes de sair apressada, andando cada vez mais rápido até quase correr.

O que acabara de acontecer? Eu tinha certeza de que o caderno lhe pertencia. Por que não o pegou?

Talvez eu soubesse. Ela deve ter suspeitado que o abri — e não apenas na folha de guarda. Digamos que fosse seu diário, um espaço para registrar pensamentos íntimos, para desnudar coração e alma. O fato de que uma estranha pudesse ter invadido sua privacidade, visto algo que nunca deveria ser compartilhado, era angustiante para ela. Era humilhante. Ela preferia perder o caderno a enfrentar esse constrangimento. Afinal, optara por não fornecer a informação "Em caso de perda, favor devolver para...".

(Se este fosse um romance de mistério, nossa história poderia agora tomar um rumo sinistro. Dentro do caderno haveria provas de um crime já cometido ou pistas para um futuro...)

Sem saber mais o que fazer, pus o caderno onde o encontrei. Em seguida, um esquilo saltou do chão para sentar-se diretamente nele, como uma criatura de contos de fada cuja tarefa era protegê-lo. Mas, quando implorou por comida e mostrei as mãos vazias, ele foi embora.

Disse a mim mesma que havia pelo menos uma chance de que a mulher voltasse mais tarde para procurar o caderno. E, depois de fazer minha longa caminhada habitual, retornei para ver se ele ainda estava onde eu o deixara. Não estava. Tentei me convencer de que agora estava seguramente em poder da sua dona. Mas, lembrando-me do coletor de lixo que estivera lá antes, eu sabia que o mais provável era ter caído no carrinho dele.

Esse episódio provocou um efeito exagerado em mim. Sempre que me vinha à mente — e vinha com bastante frequência —, sentia uma onda de arrependimento. Se ao menos eu tivesse atrasado cinco minutos para chegar ao parque! Racionalmente, é claro, eu sabia que não tinha feito nada de errado. Mas é possível — é comum, na verdade — sentir culpa por algo que não seja sua culpa. Com exceção dos psicopatas, seres humanos são desse jeito. Há aqueles que destruíram a si mesmos porque não conseguiram impedir outros de serem destruídos. Existe o fenômeno da culpa do sobrevivente.

Continuei vendo a mulher correr de mim, cabeça baixa, ombros encurvados: aquele olhar de derrota. Pensei no casaco e no caderno combinando e na boina quase combinando, e em como o vermelho devia ser sua cor favorita. Vermelho é minha cor favorita.

Ao voltar para casa, sobe a escada até seu apartamento, onde mora sozinha. Sobe lentamente, um passo cansado após o outro. Uma vez lá dentro, tira a boina, mas não o casaco. Desabotoa o casaco, sem tirá-lo, e deixa-se cair numa cadeira diante da mesa da cozinha. Senta à mesa com o casaco de inverno e olha pela janela. Sua visão é de outras janelas — há um edifício residencial em frente —, e, como o dia está escuro, muitas janelas estão iluminadas, várias delas exibindo telas de TV, algumas sintonizadas no mesmo canal. A coletiva de imprensa diária do coronavírus. O dr. Birx. O presidente Trump. Ela deveria ligar a própria TV, pensa — em tempos de crise, mantenha-se informada —, mas não esboça nenhum movimento para fazer isso.

Fica sentada olhando para o outro lado como se estivesse hipnotizada pelo piscar das telas, sem se preocupar em tirar o casaco ou se levantar para acender a luz. Senta no escuro e no silêncio — aquele silêncio quebrado apenas pelas sirenes que se tornaram tão familiares e sempre assombrarão a memória dos que estiveram no epicentro da pandemia.

Uma figura em uma pintura de Edward Hopper. Uma de suas pessoas comuns, isolada e com aparência vulnerável, levando o espectador a pensar: Algo triste aconteceu com ela.

— • —

Talvez ela estivesse com medo de se contaminar, propõe uma amiga. Como todo mundo hoje em dia.

Mas eu estava de luvas.

Bem, o que você deveria ter feito?, diz outra. Correr atrás dela e insistir para que pegasse o maldito caderno? Além disso, você nem sabe se era um diário.

Mas eu sabia. Eu tinha certeza de que era.

Não há como entender o comportamento das pessoas hoje em dia. Nem tente.

Talvez eu não devesse ter sorrido para ela. Ela pode ter interpretado mal.

A incapacidade de deixar para lá, a culpa irracional, a raiva de si mesmo: eu conhecia esses sinais.

Pensamentos intrusivos. Existem métodos para refreá-los, dizem os psicólogos. E a saúde mental exige que eles sejam refreados. Para o escritor, um dilema. Para o escritor, a ruminação obsessiva é uma obrigação. A imaginação deve seguir pensamentos sombrios para lugares sombrios, você nunca pode simplesmente dizer: Pare, não vá para lá. E não é esse o trabalho, imaginar a vida dos outros e o que estão enfrentando?

Eu poderia inventar um romance inteiro com aquele Moleskine. (Não se preocupe, não vou fazer isso agora.)

O que não quer dizer que tenha ficado feliz por meu encontro com aquela mulher ter acontecido.

Tenho esse medo. Sou tão míope que, sem óculos, a mão que vejo na extremidade do braço fica borrada. E se um dia eu me encontrasse em algum lugar ruim — em uma prisão ou algum tipo de campo de detenção, digamos, ou forçada a fugir para salvar minha vida — e de alguma forma perdesse meus óculos ou eles fossem quebrados ou tirados de mim? O que aconteceria então?

Mencionei isso uma vez a alguns convidados em uma festa, e todos caíram na gargalhada. Como se algo assim pudesse acontecer a você!

Mas pense em todas as pessoas no mundo a quem isso já aconteceu, incluindo muitas que acharam que nunca aconteceria.

Catastrofizando. Uma tendência a acreditar que o pior resultado possível é o inevitável. O tipo de pensamento intrusivo que pode levar à ansiedade e à depressão.

Com o mundo em chamas e seus sistemas colapsando aqui, ali e em todos os lugares — com esperança após esperança revelando-se apenas falsas esperanças —, qual a utilidade desse diagnóstico?

Outro sinal: estou aguardando meu cappuccino para viagem quando, sem pensar, pouso a mão no balcão, e o barista me repreende como se eu fosse criança. Está escrito *Não tocar*, diz ele, batendo em uma folha de papel colada na bancada. A voz dele é alta o suficiente para ser ouvida por um colega de trabalho e por aqueles que esperam na fila atrás de mim.

Conheço o barista há anos, e sempre foi um prazer vê-lo — um homem amigável, bonito, de barba encaracolada e de uma idade e um sotaque que não consigo identificar. Na verdade, nesses dias de contato social severamente restrito, ficava especialmente grata por minhas breves interações com ele, que nunca havia sido menos do que simpático comigo.

É claro que retiro na hora a mão do balcão. É claro que peço desculpas. Mas ele não olha para mim. Continua franzindo a testa e, quando pego meu copo e agradeço, ele não responde.

Do lado de fora, fico chocada ao me encontrar à beira das lágrimas. Não quero mais a bebida, a qual despejo na lata de lixo mais próxima. Só quero ir para casa. Ele me repreendeu como se eu fosse criança, e me tornei uma. Ele não precisava gritar comigo! Nunca mais volto lá. (Eu volto, embora só depois de muito tempo, quando, levando em consideração o comportamento dele, tão amigável como sempre, parece que nunca houve nenhum problema entre nós.)

Por que ele ficou tão bravo com uma coisa tão pequena?

Por que me senti tão magoada por uma coisa tão pequena?

Talvez o fato de ser uma daquelas pessoas que precisam ir ao trabalho todos os dias enquanto os outros ficavam seguros em casa o estivesse afetando.

Não há como entender o comportamento das pessoas hoje em dia. Nem tente.

Agora que o clima estava mais quente, Ervilhaca passou a dormir no telhado. Afinal, havia um terraço projetado para fora e várias peças de mobília externa. Pegava um travesseiro e o edredom de sua cama e dormia em uma das poltronas reclináveis acolchoadas.

Sempre dormi bem ao ar livre, disse ele. Não sei por que mais pessoas não fazem isso. Antes de haver ar-condicionado, durante as ondas de calor, as pessoas da cidade acampavam com os vizinhos em telhados e escadas de incêndio. É tão pacífico lá em cima à noite. Gostaria que as estrelas estivessem visíveis, mas pelo menos tem a lua. E não há nada como acordar cedo e ver o sol nascer.

Não era algo que eu quisesse fazer. No entanto, senti uma pontada de inveja. Ele me fez me sentir como se eu estivesse realmente perdendo alguma coisa. O fato de não conseguir nem mesmo me imaginar fazendo algo assim me fez me sentir velha. Mais ainda: na minha cabeça não havia muita dúvida de que, se tivéssemos uma idade mais aproximada, eu estaria dormindo lá em cima com ele.

Comecei a acordar cada vez mais cedo. Muitas vezes ainda estava escuro quando saía. Em um domingo pela manhã, enquanto caminhava e caminhava sem ver ninguém, fui levada de volta ao Ano-Novo de 2001. Eu estava em Roma. Havia pulado todas as celebrações da véspera, ido para a cama cedo e acordado antes do amanhecer. Na vila onde estava hospedada, ninguém acordaria por horas ainda — o que parecia ser o caso em todos os lugares naquela manhã. A temperatura estava extraordinariamente amena — mais para outubro do que para janeiro. Eu tinha a Cidade Eterna só para mim ao iniciar o que pode ter sido a caminhada mais bonita da minha vida.

Agora, atravessando a Union Square, ouvi um grito vindo de trás. *Ei! Sai do meu caminho!*

Um ciclista. Fora do *seu* caminho? Mas essa era uma praça de pedestres. E o que ele pretendia com o fato de estar se aproximando de mim, quando havia tanto espaço ao redor?

Um louco. Rosto totalmente escondido por óculos escuros e uma balaclava preta. Quando passei por ele, ele disse: Você não está com medo, senhora?

Não tenho certeza por que não estava. Em parte, porque na minha cabeça eu continuava em Roma, em parte por causa do jeito descontraído e até mesmo brincalhão dele. Ou talvez porque tenha me acostumado com as peculiaridades das pessoas na pandemia, a estranheza que agora caracterizava a vida cotidiana. Ele fez um círculo lento ao meu redor, me forçando a ficar parada, antes de disparar com uma risada maníaca que fez alguns pombos próximos voarem.

Segui em frente. Algumas outras pessoas estavam agora à vista. Outro ciclista, um corredor, uma mulher e um menino com um frisbee brincando de bobinho com o cachorro.

Depois de alguns minutos, eu o vi novamente. Havia virado a bicicleta e voltava em minha direção. Movia-se rapidamente e quase não diminuiu o ritmo quando se aproximou.

O que eu deveria fazer? Correr? Gritar?

Você não está com medo, senhora?

Inclinando-se para mim, ele desceu a balaclava até o queixo, pigarreou e tossiu na minha cara. Então partiu, os braços levantados e a cabeça jogada para trás, soltando uma série de uivos como os de um coiote.

Do outro lado da praça, a mulher, o menino e o cachorro pararam para me olhar brevemente antes de retomar a brincadeira.

É desaconselhável tentar andar e olhar por cima do ombro ao mesmo tempo enquanto estiver chorando. Por sorte não caí no chão, e por sorte a entorse não foi tão grave que eu não conseguisse mancar até o apartamento. No dia seguinte, porém, meu tornozelo direito estava inchado, rígido e apresentava alguns hematomas.

Tinha de haver uma conexão, parecia-me, entre aquele incidente e a vertigem que começou a me incomodar. Mesmo depois que o inchaço diminuiu, a vertigem me impedia de sair. Eu estava vestida e pronta , mas, quando chegava à porta, ficava tonta. Às vezes a tontura era forte o bastante para provocar náusea, e às vezes a náusea era forte o bastante para provocar vômito. É claro que me ocorreu que eu poderia ter pegado o vírus — que o homem houvesse me infectado, que talvez até pretendesse ter feito exatamente isso —, mas não era o caso. Mais tarde concluí que provavelmente não havia conexão: a vertigem é comum em pessoas com mais de sessenta e cinco anos.

Lembrei-me da observação de Joan Didion sobre os sintomas que a levaram a procurar ajuda psiquiátrica em junho de 1968. Tinha trinta e três anos. Olhando para trás, alguns anos depois, ela escreveu: "Um ataque de vertigem e náusea não me parece uma reação inadequada ao verão de 1968".

Muito simplista. Ela sabia que era improvável que o ataque tivesse sido uma resposta ao verão de 1968.

No relatório psiquiátrico escrito na época, o qual Didion compartilhou, uma avaliação revelou "sua visão fundamentalmente pessimista, fatalista e depressiva do mundo ao seu redor. [...] Em sua opinião, ela vive em um mundo de pessoas movidas por motivações estranhas, conflituosas, mal compreendidas e, acima de tudo, tortuosas que as levam inevitavelmente ao conflito e ao fracasso".

Isso descrevia, mais ou menos, a visão atual da maioria dos estadunidenses que conheço. Embora eu acrescentasse: uma avassaladora sensação de vergonha.

Se é verdade que a incapacidade de lidar com o futuro é um sinal de perturbação mental, não conheço ninguém que não esteja perturbado agora; que não tenha sido perturbado por algum tempo.

Em 2016, a eleição de Donald Trump interrompeu o romance em andamento do renomado escritor de ficção especulativa William Gibson. A eleição o havia pegado, como a tantos outros (em parte pelo menos em razão daquelas pesquisas completamente erradas), de absoluta surpresa. Isso mudou tudo, disse ele; as emoções e os motivos para o comportamento dos personagens não faziam mais sentido.

Um gênio em prever eventos de um futuro próximo, Gibson nunca havia imaginado que os Estados Unidos chegariam a isso. Em entrevistas após a publicação do romance revisado, ele confessou ter sofrido um bloqueio criativo. Quando olha para o futuro da civilização agora, sua prodigiosa imaginação visionária falha. Ele não vê saída para a confusão em que nos metemos.

Lembro-me de 1968. O Ano que Abalou os Estados Unidos. Eu sabia por que Didion havia escolhido "Rastejando até Belém" como título de seu famoso ensaio sobre os anos 1960 publicado no ano anterior e por que os versos do poema de Yeats constituem a epígrafe do livro em que o texto consta. Coisas desmoronando, o centro não sustentando, a anarquia solta sobre o mundo. *Há algo acontecendo aqui*,* dizia a música. Algo muito ruim, mesmo que a natureza exata *não esteja clara*. Então, como agora, alta ansiedade, paranoia, medos apocalípticos. Mas, ainda que os ambientalistas já tivessem começado a dar o alarme, o fim da civilização era visto como o resultado mais provável de uma guerra nuclear — ou um acidente nuclear. Não das mudanças climáticas. Não da pandemia.

"Rastejando até Belém" tomou forma em um momento da vida de Didion em que ela também se via bloqueada, "paralisada pela convicção de que escrever era um ato irrelevante e de que o mundo, como eu o compreendera, não existia mais. Se de algum modo eu fosse voltar a trabalhar, precisaria aceitar a desordem".

---

* Trata-se de "For What It's Worth", canção de Buffalo Springfield. [N.T.]

Aceitar a desordem não significava, para ela, encontrar razões para ter esperança — ainda que, claro, o grande sonho dos anos 1960 fosse que o mundo que não existia mais estivesse prestes a ser substituído por outro mais justo, pacífico e bonito. Marchas, paralisações e outras manifestações de protesto eram inúteis, ela acreditava, pois "o coração das trevas se encontra não em algum erro da organização social, mas no próprio sangue dos homens" — uma crença que ela via como comum entre a (denominada silenciosa) geração dela. Havia razão para trabalhar, e trabalhar duro, porque não existia melhor maneira de lidar com tempos difíceis. Mas isso não era a mesma coisa que esperança.

Lembro-me de meu primeiro encontro com o mito da caixa de Pandora, a versão contada em *Mitologia*, de Edith Hamilton — aquele texto seminal, para mim, revelando o lugar central da narrativa no entendimento da vida. Descoberto no ensino fundamental e para sempre amado. Lembro-me de como ele me deixou perplexa — e como, mais tarde, vim a saber, estudiosos ao longo dos tempos também ficaram assim.

Na verdade, Hamilton oferece duas versões.

Na primeira delas, há a mulher Pandora, mas nenhuma caixa. Furioso contra o titã Prometeu, cujo amor pelos homens o levou a roubar o fogo divino para lhes dar e mostrar como obedecer à lei relativa aos sacrifícios de animais, de modo a manter as partes escolhidas para eles mesmos, Zeus criou um "belo desastre": Pandora, dotada por todos os deuses de algum traço sedutor, seria a ruína dos homens (na época — a Era de Ouro —, os únicos humanos que existiam eram homens). *Dela, a primeira mulher, vem a raça das mulheres, que são um mal para os homens, com uma natureza voltada para o mal.* (Portanto, a criação das mulheres significava que a Era de Ouro havia terminado.)

Na segunda versão, os deuses enchem uma caixa com todas as dores, doenças e tristezas que poderiam recair a um mortal. Então, sem revelarem o conteúdo, entregam a caixa a Pandora, proibindo-a de abri-la. Mas, quando a curiosidade a dominou (como eles sabiam que aconteceria, o objetivo sendo a vingança de Zeus pela beneficência de Prometeu para com os homens), ela levantou a tampa, soltando todos os males do mundo. No momento em que fechou a tampa, só restou uma coisa: a esperança.

O quê? Isso significa que, como parte da punição de Zeus, a esperança sempre seria negada? E, para começar, o que a esperança estava fazendo em uma caixa de males?

O fato de a *esperança permanecer* tem sido uma leitura comum do mito: não importa quais males nos afetem, não importa quanto sofrimento tenhamos de suportar, sempre existem a bênção e o conforto da esperança para nos ajudar.

Mas, se aqueles males tivessem permanecido dentro da caixa, eles não teriam poder para ferir. Isso não deveria significar que, para fazer seu bom trabalho, a esperança também deveria ser liberada?

Como Nietzsche a via: *É claro que a esperança é um mal*. Na realidade, é o pior de todos os males, disse, pois prolonga os tormentos do homem. E é claro que isso fazia parte do castigo que o Pai dos Deuses e dos Homens tinha em mente.

Entre os muitos tormentos de Nietzsche, sabemos, havia várias enfermidades corporais, e não seria surpreendente saber que, no dia em que teve essa ideia, estava tendo uma de suas horríveis enxaquecas.

Acontece que Didion também sofria demais com crises de enxaqueca. Ela relatou que, enquanto escrevia "Rastejando até Belém", estava "mais doente do que nunca", contando com "água quente com gim para atenuar a dor e Dexedrine para atenuar o gim". Também contou que o significado do ensaio, de tamanha importância para ela, parecia ter se perdido para muitos leitores: "Eu nunca tinha recebido um feedback tão amplamente despropositado".

Diz-se que "caixa" é um erro de tradução. Deveria ser o pote de Pandora. Um grande frasco de armazenamento era, supostamente, o recipiente em questão. A ilustração no livro de Hamilton mostra uma mulher sedutora agitando os braços angustiadamente enquanto maldições fantasmagóricas personificadas fluem como fumaça de um grande baú aberto, parecendo muito com o que você imaginaria ser um baú de tesouro, aos pés dela.

Sempre me perguntei sobre a conferência de fatos que foi — ou não — feita no ensaio de Didion, publicado pela primeira vez como reportagem de capa sob o título "A geração hippie: rastejando até Belém" no *Saturday Evening Post*. Penso, em particular, na anedota que aparece perto do final, quando, como convidada em uma sala de estar em Haight-Ashbury, Didion é apresentada a uma criança de cinco anos que dizem estar naquele momento viajando de ácido. Didion relata que a criança — Susan — está concentrada lendo uma história em quadrinhos e responde de maneira perfeitamente lúcida quando a autora a interrompe para conversar. De fato, de acordo com Didion, "a única coisa inusitada é que está usando um batom branco". Em outras palavras, não há nada na aparência de Susan ou em seu comportamento que reflita alguém que tomou uma poderosa droga alucinógena.

"Faz um ano agora que sua mãe vem lhe dando ácido e peiote." Didion afirma isso como se estivesse, indiretamente, citando Susan, embora não soe como algo que faria uma aluna chapada do jardim de infância. De qualquer forma, Didion parece aceitar isso como fato, deixando-nos incertos sobre por que ela não investigou mais a fundo os efeitos de um ano de uso de drogas que alteram a mente em uma criança tão nova.

Didion conhece Susan por intermédio de alguém chamado Otto (outra coisa que me deixou curiosa é se os nomes das pessoas mencionadas no ensaio são reais ou fictícios). Otto é um dos vários hippies com quem passou um tempo no Haight enquanto escrevia seu artigo. "Tenho uma coisa lá em casa que vai fundir a sua cuca", ele diz a ela, e ele estava se referindo a Susan, que por algum motivo desconhecido fora levada à casa de Otto por uma amiga de sua mãe.

Quando alguns amigos e eu lemos pela primeira vez o ensaio de Didion, como tarefa para uma matéria na universidade, tais palavras, e o fato de Susan não parecer nem um pouco chapada, nos fizeram pensar que Otto — assim como a amiga da mãe de Susan — estivesse brincando com Didion. Achávamos isso porque sabíamos que zombar das pessoas — especialmente os membros da Elite e, acima de tudo, os membros da Elite que escreviam sobre eles (a certa altura, Didion reconhece que é vista como uma "envenenadora da mídia", uma criatura com a qual nenhum hippie deveria conversar) — era o tipo de comportamento pelo qual a geração era famosa. Brincadeirismo: o *modus operandi* da contracultura.

Podemos imaginar a cena: esta republicana decididamente antiquada, usando saia, blusa, meia-calça e escarpins de senhora e carregando uma bolsa de mão, veio para San Francisco, "onde as crianças desaparecidas estavam se reunindo e chamando a si mesmas de 'hippies'", em missão para sua revista conservadora de classe média. (Nunca confie em ninguém com mais de trinta anos, dizia o movimento, e a própria Didion se sentiu tão distante daqueles que constituíam o tema de sua reportagem que continua se referindo às adolescentes como "garotinhas".)

Os hippies estavam cientes da atenção nacional que passou a se concentrar neles e dos muitos rumores malucos, especialmente em relação a sexo e drogas. (Queremos ver os selvagens, sabe, os ciganos, ouvi certa vez alguns turistas dizerem a um policial de Nova York, que assentiu com a cabeça e os encaminhou para o Washington Square Park.)

Assegurar aos libidinosos e crédulos que os rumores eram verdadeiros — *Sim, é claro que andamos nus o tempo todo, e é verdade que nunca tomamos banho e todo mundo fode com todo mundo o dia inteiro* — fazia parte da diversão. O fato de os hippies alimentarem seus filhos com LSD era uma daquelas histórias assustadoras que circulavam, como aquela sobre o grupo que tomou ácido e depois ficou olhando para o sol até todos ficarem cegos, e não muito diferente dos vários mitos sobre os doces envenenados do Halloween que se repetem ano após ano.

"Tenho uma coisa lá em casa que vai fundir a sua cuca."

Se há uma precaução que se imagina que qualquer hippie deve tomar é a de não atrair a atenção do Homem. Que estranho, então, que Otto não tenha nenhum medo de que essa forasteira, essa jornalista investigativa heterossexual, possa relatar o que testemunhou em sua sala de estar — e além do mais ela não era obrigada pelas leis de bem-estar infantil a fazê-lo?

Didion sabe tão pouco sobre alucinógenos que concluí que determinado homem (e os homens nunca são "garotinhos") está em uma *bad trip* só porque fica olhando para os dedos dos pés. O fato de acreditar no que Otto lhe conta sobre Susan não é surpreendente. O que é mais do que surpreendente, porém, é não ter havido um acompanhamento.

Algum tempo antes, Otto havia contado a Didion outra história de terror, dessa vez sobre uma garota de catorze anos que, enquanto caminhava inocentemente pelo Golden Gate Park, fora presa, autuada e submetida pela polícia a "um exame pélvico". Otto explica a Didion como isso seria uma onda muito ruim para alguém em quem o efeito do ácido estivesse baixando, embora — confusamente — não pareça haver nenhuma razão para pensar que esse fosse o caso da garota.

Quando Didion pergunta a Otto se ele poderia entrar em contato com a garota, ele responde que ela está ocupada ensaiando uma peça escolar. O quê? Todos os minutos de todos os dias? E os pais e professores da menina? Aqui também uma porta pela qual você pensaria que qualquer repórter gostaria de olhar não está sequer aberta. Nunca ouvimos uma palavra sobre tal garota, ou sobre sua falsa prisão, ou seu "exame pélvico", além de que a peça que está ensaiando é *O mágico de Oz*.

Décadas mais tarde, após o lançamento de um documentário no qual Didion é questionada sobre como se sentiu com relação a seu famoso encontro com Susan, até mesmo admiradores confessaram terem ficado desconcertados com a resposta que deu. É um momento que ela recorda com satisfação, um exemplo de incrível sorte jornalística, o que ela chama de "ouro". "Você vive para momentos como esse, se estiver escrevendo um artigo", diz ela.

"Rastejando até Belém" deu às pessoas a impressão inconfundível de que a negligência e o abuso de menores, assim como outros exemplos de comportamento criminoso e degenerado, eram algumas das principais características da "geração hippie". Embora não houvesse hippies suficientes para compor uma geração, se seu retrato sensacionalista fosse verdadeiro, aquele marco histórico sem precedentes — aqueles três dias de paz e música que aconteceram em uma fazenda no interior de Nova York uns dois anos após o ensaio ter sido publicado — teria sido um período de três dias de desordem.

Quando contamos isso ao nosso professor, e lhe dissemos que achávamos que Didion podia ter sido enganada, ele nos garantiu que ela era esperta demais para que isso acontecesse. Quando dissemos que nunca tínhamos ouvido falar de nenhum hippie dando ácido a uma criança e que achamos o ensaio dela ofensivo, a maneira como fazia todos os hippies que conhecia parecerem depravados, loucos ou imbecis, ele deu de ombros. Talvez os hippies da Costa Oeste sejam diferentes, disse.

Li em algum lugar que, mais ou menos em 2015, os psicoterapeutas começaram a ouvir as pessoas sobre os sonhos que estavam tendo com Donald Trump. Muitos deles eram semelhantes. Havia o grupo de pessoas que sonhavam que suas mães namoravam Trump e o que sonhava que Trump era seu professor na escola. Alguns sonhos eram violentos; alguns incluíam atos de abuso sexual. Havia sonhos em que Trump aparecia como o salvador do mundo e outros em que era seu destruidor. Trump podia ser aterrorizante — um monstro ou algum tipo de invasor alienígena — ou uma figura simpática, um homem problemático que necessita de amor e compaixão.

O que quer que ele fosse, como quer que aparecesse, estava claro que se havia enfurnado profundamente na cabeça dos estadunidenses.

Eu estava entre aqueles cujo sonho era violento, um sonho de abuso sexual.

Lembro-me de como algumas de minhas jovens alunas estavam abaladas no dia seguinte ao terceiro debate presidencial, durante o qual ele fez uma de suas apresentações mais grosseiras e misóginas. As vozes abafadas e trêmulas dessas moças. A descrença delas.

Descobri que, além de ser uma das que sonharam com Trump, eu pertencia a um grupo de pessoas que foram visitadas por certa fantasia constrangedora de contar. Nossos piores temores não aconteceriam, dizia a fantasia. Porque, uma vez no cargo, Trump mudaria. Como o Grinch que roubou o Natal, como Ebenezer Scrooge, ele, de alguma forma, veria a luz. Entenderia como todos seriam mais felizes — inclusive ele mesmo! — se ele usasse toda a sua força, a força do ser humano mais poderoso da Terra, para o bem. ("Todo mundo vai ter um lindo seguro-saúde, um lindo seguro-saúde, você não vai acreditar.")

Lamentável, sim. Mas o medo transforma as pessoas em crianças.

Depois da eleição, era difícil saber o que fazer com a realidade concreta. A jornalista negra que relatou que a mãe estava feliz por Trump ter vencido porque agora *a América branca terá de encarar quem ela realmente é*. O homem sino-americano que disse que votou em Trump porque *os liberais não se importam com os asiáticos*. Os jovens esquerdistas cujo ódio por Hillary Clinton era tão rancoroso que *tudo o que importava era que ela perdesse*. O *millennial* que me contou que todos os *millennials* que conhecia odiavam Trump, mas esperavam que ele vencesse Clinton de qualquer maneira porque, *com Trump, a política seria mais interessante*.

Cada uma dessas pessoas sem dúvida se acreditava sã.

Dia após dia, os resultados de duas contagens — o número de vidas estadunidenses perdidas para o coronavírus: cerca de cento e quinze mil e quinhentos até o fim da primavera, um total que quase triplicaria até o fim do ano; o número de mentiras contadas por Trump desde o início da presidência: cerca de quinze mil, número que mais que dobraria até o dia da eleição.

Ele ia vencer outra vez e, se não vencesse, tomaria o poder e se tornaria presidente vitalício: *metade da nação estava entusiasmada por isso*. ("Tantas pessoas me amam. Tantas, tantas. É tão verdade.") Pela primeira vez, uma presidência estadunidense seria avaliada em termos de sua ameaça à saúde mental dos cidadãos americanos.

Acredito que as pessoas sejam mais boas do que más. Quando Obama disse isso, ele estava apenas repetindo o que muitos já haviam dito. Outra versão: *Acredito que haja mais pessoas boas do que más no mundo.* O que não decorre disso, no entanto, é que, graças aos números, o bem prevalecerá. O que não se pode deixar de levar em conta é que, sob certas circunstâncias, os maus podem fazer os bons agirem mal e, mais ainda, para atingir determinados objetivos — a vitória na guerra, por exemplo —, fazer os bons agirem mal eleva-se ao nível de uma necessidade.

É por isso que Joan Didion disse não acreditar que ir para uma barricada pudesse mudar minimamente o destino do homem.

De acordo com Flannery O'Connor, pessoas sem esperança não escrevem romances.

Pessoas sem esperança não escrevem romances. Estou escrevendo um romance. Logo, devo ter esperança.

Isso funciona?

Boas notícias da Califórnia: o sogro de Íris se recuperara, ninguém mais na família fora infectado e a pressão sanguínea de Íris estava baixa. Foi decidido, no entanto, que o mais seguro a fazer seria permanecer em Palo Alto durante as últimas semanas de gestação e ter o bebê lá.

Assegurei a Íris que, em casa, estava tudo bem. Ervilhaca e eu estávamos nos entendendo, Eureca estava sendo cuidado com amor, não havia nada com que se preocupar.

Não fiquei nem um pouco surpresa ao saber que a médica hospedada em meu apartamento contraíra o vírus e agora estava em quarentena lá. Assim que se recuperasse, ela decidiria se continuaria trabalhando como voluntária em um hospital ou voltaria para o Oregon. (A essa altura, a covid estava tão disseminada que havia muita demanda por sua ajuda lá também.) Eu torcia para que ela fosse. E não só porque eu queria ficar longe de Ervilhaca. Tive a ideia de que, se voltasse ao meu apartamento, talvez conseguisse voltar a trabalhar.

Olhando para trás, sempre me pergunto: como passava meu tempo? Mantendo os pés o mais alto possível, lendo muitas notícias, embora outras leituras — leituras por prazer — tenham se tornado bastante difíceis. Eu simplesmente não tinha concentração para avançar muito em um livro. Tinha que recomeçar várias vezes. Também assistia a muitos noticiários, filmes e programas de TV. As notícias eram assustadoras demais para não serem fascinantes, mas, embora os filmes e programas de TV exigissem menos concentração do que a leitura, percebi que me desligava com tanta frequência que perdia o fio da meada da história.

Não parecia importar o que pensava, eu era sempre vítima de pensamentos intrusivos. E assim me deparo com um dilema: descrever ou não esses pensamentos. Não quero descrevê-los, mas também não quero que você pense que é porque estou sendo preguiçosa. A verdade é que este é um daqueles raros momentos na escrita em que não consigo ver vantagem na especificidade. Não é suficiente lhe dizer que tais pensamentos, que podiam surgir a qualquer momento e às vezes até uma dúzia de vezes por hora, eram perturbadores? Breves pesadelos acordados. Não estou me referindo a *flashbacks* de nada que de fato eu tenha experimentado; na verdade, eu mesma raramente aparecia neles. Era mais como se um vasto catálogo de possibilidades violentas e desumanas tivesse se alojado em minha mente, a qual, contra a minha vontade, ficava virando as páginas. Uma espécie de *livro* de Pandora.

À noite, era diferente. À noite, eu acordava com frequência incomodada com alguma coisa. Parecia que havia esquecido algo de extrema importância. Mas, embora eu ficasse acordada tentando, nunca consegui nomear esse desconforto. Os medos do futuro me perturbavam — não apenas os grandes que compartilhava com todas as outras pessoas, como o medo de contrair o vírus e talvez até morrer, ou das consequências de nossa política cada vez mais sombria e caótica, mas também os mesquinhos, inspirados pelos mais mundanos aspectos da minha vida.

Eu havia perdido toda a confiança em mim mesma para realizar tarefas comuns. Ficava deitada na cama, obcecada com minha lista de tarefas, observando impotente enquanto — graças aos muitos obstáculos que minha mente gerava — ela se transformava em uma lista do que não podia ser feito. Era tão improvável que eu conseguisse encomendar um móvel e não estragar tudo de alguma forma — era melhor nem tentar. (Para mim, as palavras *Requer montagem* ou mesmo *Requer pouca montagem* em qualquer produto sempre foram um obstáculo.)

Todos os planos de viagem que eu havia elaborado para aquela primavera tiveram de ser cancelados, é claro, e era certo que eu não iria a lugar nenhum tão cedo. Então, por que ficava acordada com preocupações imaginárias em relação à chance de passaporte, bagagem ou carteira serem perdidos ou roubados enquanto estivesse no exterior? Sem mencionar o medo de me perder. (Mas essa tem sido uma fobia da vida toda.) Por que a possibilidade de tais contratempos, que afinal têm conserto na vida real, me encheu do tipo de pavor apropriado a uma real calamidade?

A ansiedade mais incessante era que meu laptop travasse ou que eu perdesse a conexão com a internet. Seria melhor me jogar em uma masmorra.

Durante o dia, podia ser tão esquecida que não conseguia me lembrar do que havia comido no café da manhã, mas nas horas escuras da noite eu era um gênio da memória. Podia recordar cada momento deplorável da minha vida. Cada erro cometido, cada humilhação, cada falha, cada pecado, cada mal que já causei, deliberada ou acidentalmente, a outra pessoa, cada coisa ruim ou estúpida que já disse ou fiz.

Aproximando-me perigosamente da autopiedade aqui: isso não é bom.

Você andou chorando, disse Ervilhaca.

Não me incomodei em responder, apenas peguei o copo de água que tinha vindo buscar na cozinha e fui para o meu quarto.

Agora eu passava a maior parte do tempo na cama. Quando ficava em pé, tinha episódios de vertigem e náusea. A náusea tirava meu apetite. Por conveniência, comecei a aceitar a oferta de Ervilhaca de compartilhar comigo o que cozinhava, mas eu raramente comia mais do que algumas garfadas, e nunca sentávamos juntos para comer. A maioria dos alimentos era tão insossa que, por um tempo, me preocupei com a perda do paladar, um sintoma conhecido da covid.

A "síndrome da caverna" como reação à pandemia logo estaria recebendo demasiada atenção, mas na verdade eu já havia passado por ela antes, quando se chamava agorafobia.

"Você sabe que nada de bom acontece quando se sai de casa", foi o anúncio de utilidade pública de Larry David sobre a quarentena. "São só problemas."

Entre os problemas que eu temia estava reencontrar aquele pulha da bicicleta.

Ainda podia rir de Larry David ou de qualquer boa piada — e me divertir com Eureca. Houve um dia em que acordei e pensei que algo estava errado com minha visão. Era como se a cor tivesse desbotado das coisas. Via apenas cinza, bege ou preto. Não era um sintoma do vírus, até onde eu sabia, mas entrei em pânico mesmo assim. Levantei, fui até o quarto de Eureca e vi com alívio sua plumagem espalhafatosa.

Eu ainda brincava com ele todos os dias. Ervilhaca havia me mostrado como, se você pegasse uma bola e a mandasse quicando pelo longo corredor do apartamento, Eureca a seguiria com saltos perfeitamente cronometrados. (Muitos pássaros fazem música, mas que outro animal tem o ritmo que os papagaios têm?) Uma performance hilária que sempre me fazia rir alto — e então Eureca ria também! Mas, mesmo sabendo que sentiria falta dele, eu ainda queria ir embora. Eu temia que, se não voltasse a escrever logo, nunca mais escreveria.

Se você está tendo problemas para se concentrar, eis um conselho: tente escrever coisas bem curtas. Um escritor que conheço sugere experimentar apenas um título e uma frase única.

O romancista célebre

Explicou em uma entrevista que foi de escrever romances para escrever poesia depois de saber que o célebre poeta John Ashbery escrevia somente uma hora por dia.

Entre aqueles que eu conhecia que morreram de covid naquela primavera estava um homem que conheci vários anos antes, em uma conferência de escritores, onde ministramos juntos um *workshop* de uma semana. Alguns anos depois, nós nos encontramos pela segunda vez em uma cerimônia de premiação literária. Ele fazia parte do conselho de administração da fundação que concedia o prêmio. Também integrava o corpo docente do departamento de inglês de uma universidade cujo presidente havia me pedido para avaliar alguns dos trabalhos do homem para uma revisão de permanência. Tinha cinquenta e nove anos quando morreu em decorrência de complicações do coronavírus.

O que veio à tona cerca de um mês depois foi que o homem que pensávamos conhecer era uma fraude. Afro-americano de Detroit, ele inventou uma identidade para si mesmo: um imigrante latino que escapou de Cuba com a família e veio para os Estados Unidos quando tinha sete anos. Manteve esse fingimento com tanto sucesso que até mesmo aqueles mais próximos a ele foram enganados. Havia escrito um livro inteiro baseado em suas experiências como cubano-americano, incluindo o aprendizado do inglês como segunda língua. Sua posição na academia e na comunidade literária baseava-se inteiramente nessa biografia falsificada.

Agora que a verdade havia sido revelada, as pessoas estavam divididas. Muitas ficaram indignadas com o que consideraram uma traição de confiança e um ato imperdoável de apropriação cultural. Outras acreditavam que, por mais errado que fosse, o engano poderia ser perdoado à luz do bom professor que ele fora.

Os escritores se reinventam o tempo todo, diziam alguns. O que ele fez não foi mais criminoso do que usar um pseudônimo. Digamos que, por qualquer motivo misterioso, em seu coração ele sempre se sentiu um latino. (Pensei em certa autora de um fraudulento livro de memórias do Holocausto, uma mulher que não era judia cuja defesa foi a de que sempre se *sentiu* judia.) Alguns argumentaram que, se as pessoas tinham o direito de escolher seu gênero, por que também não teriam o direito de escolher a raça ou a etnia?

Perguntaram-me se eu estava com raiva por ter sido enganada — afinal, eu havia escrito em apoio ao trabalho do homem. Não estava. Eu estava entre aqueles que se sentiam mais tristes e confusos. É doloroso pensar no preço que uma farsa tão longa deve ter cobrado. Não sabíamos toda a extensão de sua duplicidade, então não podíamos dizer com certeza o que sobre ele e seu passado havia sido real e o que havia sido enganação. Não conhecíamos a vida verdadeira do homem — e, se não conhecíamos sua vida, como poderíamos reconhecer sua morte? Por quem, exatamente, estávamos de luto?

Não, eu não estava com raiva. Tampouco fiquei muito surpresa, em razão de esse episódio ter se encaixado tão perfeitamente na época, quando todos vivíamos com a sensação de que, a qualquer momento, uma nova história inexplicável se desvendaria.

Deixe-me contar algo que ouvi ontem: duas mulheres no ônibus em que eu estava falavam sobre a ameaça de uma guerra nuclear. Sabe, esse pode ser o plano de Deus, disse uma. Um inverno nuclear para consertar o aquecimento global. Uma ideia absolutamente brilhante da parte de Deus, sugeria o tom dessa mulher. A outra mulher assentia. Esperemos que seja esse o caso, disse ela. E, então, o que o médico disse sobre essa sua erupção cutânea?

Autor orgulhoso

O prazer de ver uma bela jovem lendo seu romance no trem foi de algum jeito prejudicado pelo fato de ela mexer os lábios.

Uma noite, depois que Ervilhaca subiu para o telhado, vi que ele havia deixado uma porção de algum tipo de ensopado para eu comer no jantar: tofu e espinafre. Eu estava com fome, mas não de tofu e espinafre. No freezer encontrei um pote de meio litro da sobremesa favorita de Ervilhaca: sorvete de leite de aveia com caramelo. Li os ingredientes com irritação. Se não é lácteo, não é sorvete. Impaciente demais para deixá-lo derreter um pouco, esquentei o pote no micro-ondas, embora me lembrasse de ter ouvido que levar o sorvete ao micro-ondas diminuía seu sabor. Eu não sabia — nem me importava — se isso também era válido para o tipo não lácteo. Tomei tudo em uma só sentada, o que na realidade não foi uma sentada: comi em pé.

Vejo que teve um pequeno ataque de raiva ontem à noite, disse Ervilhaca.

Eu disse: Do que você está falando?

Bem, quando se pega algo que não lhe pertence...

Aquilo foi rude, admiti. Foi egoísta. Demonstrou total falta de controle. Foi vergonhoso, ok? *Mas nada disso o tornava um ataque de raiva.*

Não se exalte, disse ele. Estava sorrindo. Como se minha fraqueza fosse algum triunfo para ele. Fico feliz em ver você comendo alguma coisa, disse. Contanto que não vomite depois.

Que ousadia, eu me indignava para Violeta. Apontar o dedo assim para mim.

Ele tem sido tão legal com você, disse ela. Por que não pode retribuir?

Admiti que ele não se comportava tão mal quanto eu havia previsto que faria, que no geral ele era, bem, legal o suficiente. Mas ainda queria que ele fosse embora.

Não é nada que ele *faça*, expliquei. E não é como se o apartamento não fosse grande o suficiente para nós dois. Mas é tão diferente com ele aqui. Sei que não pode evitar, mas ele preenche todo o espaço com testosterona.

Violeta riu. Esse é o verdadeiro problema, não é? Aí está você, vivendo próximo a este jovem muito bonito e sexy, um lembrete flagrante daquilo que não pode ter, daquilo que perdeu, daquela parte emocionante da vida que ficou para trás e que você nunca poderá recuperar, e, embora não seja culpa dele, você o culpa.

É natural, disse Violeta. Todos depois de certa idade estão em estado de luto por sua juventude. No entanto, se ele não tivesse a aparência que tem, duvido que você ficaria tão ressentida.

Não vou retirar o que disse antes, sobre Violeta em geral estar certa.

Fiquei chateada com as palavras dela — na época, neguei —, mas no final elas ajudaram a me acalmar. Seja o que for que esteja errado comigo, essa dor, esse pesar era normal.

No mesmo dia ele saiu e comprou quatro potes de sorvete de leite de aveia com caramelo.

Tome quanto quiser, disse ele.

O que fez meu estômago começar a revirar.

Eu deveria ter perguntado, disse ele. Talvez você prefira outro sabor.

O que fez as lágrimas virem aos meus olhos.

Ainda pior

Quando certa manhã Gregor Samsa acordou de sonhos intranquilos, encontrou a esposa metamorfoseada em um inseto monstruoso.

Levei um minuto para perceber que o pedaço que parecia intragável no prato que ele havia deixado para mim — algo que lembrava um pedaço de barra de chocolate rançosa — era de fato comestível.

Ao lado, um bilhete: Útil no tratamento de náuseas e ansiedade, além de estimulante de apetite.

Tentei me lembrar da última vez que fiquei chapada, mas não consegui.

Por qual algoritmo a internet raciocinou que, entre os livros de que eu poderia gostar, estava *Não é fácil ser um coelho*?

Parece que o jovem Joca Pipoca não quer mais ser um coelho. Então vai morar com vários outros animais, um após o outro, apenas para descobrir que, afinal, ser um coelho é a melhor coisa para ele.

Uma lição objetiva sobre autoaceitação e sobre como se sentir confortável com quem se é.

Talvez tenha sido em parte o efeito do que ingeri, mas esse tipo de pensamento pedagógico tende a me confundir. Será que ao menos algumas crianças não concluiriam que, independentemente do que sintam a respeito de serem elas mesmas, seria melhor ser um coelho? Tenho certeza de que é assim que eu teria lido o livro quando criança.

Uma professora certa vez me disse que havia perguntado a seus alunos da terceira série do ensino fundamental: Se você pudesse fazer uma pergunta a um cachorro, qual seria? E um menino respondeu: Cachorro, o que eu vou ser quando crescer?

Pensei em uma escritora famosa que revirava os olhos ao ver como a internet sempre sugeria que seus próprios romances poderiam ser interessantes para ela.

Sempre me recomendaram bem mais livros dos quais sei que nunca gostaria do que os que provavelmente gostaria. Mas estou curiosa para saber o que, em meu histórico de navegação e compras, inspirou o seguinte título em particular: um "livro para iniciantes", recomendado para leitores de três a sete anos.

Certamente foi o que ingeri que me fez cochilar com as mãos no teclado. Sonhei que tinha sido sequestrada. O sequestrador estava me levando de trem para algum lugar. Sentei apavorada ao lado dele, até que uma passageira se aproximou. Ela segurava um livro e perguntou se eu poderia autografá-lo. Por se tratar de um sonho, era um livro escrito por outra pessoa. O sequestrador não fez nenhuma objeção, então peguei o livro e escrevi meu nome e embaixo dele "Chame a polícia!". Quando devolvia o livro para ela, acordei.

Existe uma cura infalível para o bloqueio de escritor de acordo com um professor que conheço: comece com *Eu me lembro*.

É verdade que, sempre que vejo essas palavras — onde quer que apareçam —, quero continuar lendo. E um dos meus livros favoritos é *I Remember* [Eu me lembro], de Joe Brainard. Outra pergunta que às vezes se faz aos escritores: Qual livro você leu que gostaria de ter escrito? O milagre do livro de Brainard é que você *pode* escrevê-lo. É simplesmente fazer o que ele fez: anotar uma lembrança após a outra à medida que elas vêm à mente (organizando-as depois como quiser), sempre começando com a frase *Eu me lembro*.

Na realidade, Brainard escreveu mais de um livro de memórias desse tipo ao longo dos anos, mas com o tempo eles foram reunidos em um volume (em geral referido como obra de não ficção autobiográfica, mas por alguns como de poesia).

Miraculoso: um livro no qual quase todas as frases começam com "eu", mas cujo autor não pode ser chamado de narcisista. A menos que você compartilhe a visão popular de que todos os escritores são narcisistas em algum grau e que aqueles que escrevem sobre si mesmos o são em grau extremo. (Gosto deste esclarecimento do narrador de um livro de Stendhal: "Não é por egoísmo que digo 'eu'; é simplesmente a forma mais rápida de contar a história".)

Brainard, que também era artista plástico, nasceu em 1942, e *I Remember* é basicamente sobre crescer sendo *queer* em meados do século XX em Tulsa, Oklahoma. Entre as muitas coisas de que se lembra estão: saias rodadas e camisas como as usadas por Perry Como, pessoas dançando "The Swing", "The Chicken" e "The Bop", colegas de escola trocando cartões de dia de São Valentim, chapéus do mesmo estilo de Davy Crockett, sapatos de camurça azul, cabelos desfiados e armados, chaves de patins, rabos de guaxinim pendurados em antenas de carros, leiteiros, abridores de garrafas com pedras preciosas, sopas Campbell para crianças, os personagens infantis Jane e Dick e Sally e Spot, calças cápri e chapéus de feltro.

Do que se pode depreender que *I Remember* é também uma peça de resistência da cultura estadunidense.

Também são lembrados: as ansiedades, as maravilhas, os prazeres e as vergonhas de amadurecer. Os anseios e as perplexidades eróticas. Questões. Se Deus é onipotente, por que Ele não acaba com a poliomielite e as guerras? Como um bebê pode sair de um buraco tão pequeno? As cabras realmente comem latas?

Recordações numerosas — a maioria, na verdade — são tão comuns que muitas outras pessoas também se lembrarão delas. O dia em que John Kennedy foi baleado. E muitos "primeiros": cigarro, ereção, masturbação, embriaguez. Para a maioria dos leitores que conheço, esta é uma das alegrias de ler *I Remember*: um livro de memórias da vida de uma pessoa que também aborda um passado coletivo. Mas conheço alguns que ficaram irritados: *Eu* também me lembro de chapéus de feltro. E daí?

Imitações de Brainard são abundantes, e os exercícios "eu me lembro" têm sido usados em aulas de escrita para pessoas de todas as idades, bem como em vários ambientes clínicos, como sessões de terapia destinadas a tratar estresse pós-traumático.

O escritor francês Georges Perec começou a escrever frases que se iniciam com "*Je me souviens*" como um exercício e, assim como foi com Brainard, acabou se tornando um livro. Mas Perec acrescentou um toque especial: limitar a seleção a coisas que não existiam mais e que outras pessoas além dele também seriam capazes de lembrar. Ele ficou encantado com o fato de que qualquer um pudesse fazer o que Brainard e ele haviam feito — eis a literatura que você não precisava ser um escritor para produzir — e solicitou que, no final do livro, algumas páginas fossem deixadas em branco "para que os leitores escrevessem seus próprios 'Eu me lembro' que a leitura provavelmente teria inspirado".

Cerca de um século e meio antes das memórias de Brainard, um poeta inglês chamado Thomas Hood escreveu o poema "I Remember, I Remember" [Eu me lembro, eu me lembro], no qual, conforme o orador febril e desanimado olha para trás, ele se lembra, ele se lembra da casa onde nasceu e de várias imagens adoráveis, como um jardim repleto de flores, do que parece ter sido uma infância idílica.

A lírica penetrantemente nostálgica de Hood inspirou outro poeta inglês, Philip Larkin, a escrever seu próprio "I Remember, I Remember", no qual o orador se vê como passageiro em uma estação de trem em Coventry, que por acaso é a cidade onde nasceu, um lugar "onde minha infância não passou", e graceja: um vazio relembrado em versos sombriamente sardônicos.

Gosto da definição de escritor como "um rememorador profissional" dada por Günter Grass.

Quando quis indicar aos alunos um exercício baseado no livro de Brainard, fiquei preocupada com a possibilidade de alguns deles se sentirem inibidos. (*O que eu lembro não é da sua conta.*) Então sugeri que fizessem dois grupos, um em que anotassem reminiscências verdadeiras, outro em que inventassem coisas e as intercalassem. Sempre foi fácil, porém, distinguir o verdadeiro do falso. Eu poderia dizer pelo texto. E foi uma revelação quantas das verdadeiras eram sobre abuso.

"Eu me lembro de como minha mãe fazia as amigas rirem ao me beliscar até eu começar a chorar."

Mais frequentemente lembrado: a morte de um avô, o abandono do pai, o divórcio dos pais.

O que visivelmente faltava: realizações acadêmicas de qualquer tipo, o primeiro amor.

"Eu me lembro que, depois que tirei o apêndice, chorei quando precisei ir para casa, porque no hospital todos eram legais comigo."

De vez em quando, um detalhe interessante, como este, de uma filha de imigrantes do Leste Europeu: "Eu me lembro do pão branco embaixo da árvore de Natal".

O inevitável — e invariavelmente do sexo masculino — espertalhão: "Eu me lembro de quando dei um tiro no meio dos olhos de mamãe. Ela pareceu surpresa, mas não deveria". "Eu me lembro da vez que Kim Kardashian me implorou por um encontro."

E apenas uma vez, algo raro na escrita dos alunos, uma boa piada: "Eu me lembro de como foi difícil fazer trinta anos. Eu tinha trinta e quatro na época".

Eu me lembro de como a maioria dos alunos estava entusiasmada com essa tarefa específica e como, para muitos deles, foi o melhor trabalho que fizeram em todo o semestre.

Eu me lembro de pensar: não seria ótimo ter escrito algo tão *útil* quanto o livro de Joe Brainard? (Como a sensação que tive quando vi que uma escritora cujo trabalho eu admirava muito havia publicado uma compilação de seus contos. Ter a obra completa em um só lugar — como eu invejava isso. Um grande e belo volume. Uma capa simples — sem imagem, apenas o nome da autora e o título do livro. Lembrando-me dos primeiros livros franceses que tive, aquelas brochuras de aparência séria: a Collection Blanche da Gallimard. A coleção branca, assim chamada graças às capas cor de creme dos livros — embora pudesse muito bem ser graças à cor da pele dos autores. Sobre o fundo claro, os títulos destacados em vermelho: *L'Étranger*, *La Nausée*.

A obra toda perfeitamente acomodada em apenas um livro — que elegante. Que digno. Sem ocupar muito espaço no mundo. Sem pedir muita atenção. Que escritor deseja olhar para trás e pensar: *escrevi demais?* Mas é provavelmente verdadeiro para a maioria. Quantas vezes, ao ler a obra mais recente de algum romancista bem estabelecido, pensei: é terrível o que acontece com os escritores. E, claro, desde que aquele volume de contos compilados pela pessoa de quem eu estava falando foi publicado, ela produziu um livro inteiro de novos contos.)

Eu me lembro do fim da infância. Era junho. Havia terminado a sexta série, era o dia da minha formatura. Em setembro, começaria o ensino secundário. Não iria mais a pé para a escola. Eu pegaria o ônibus — não o ônibus escolar amarelo do jardim de infância e da primeira série, mas o ônibus da cidade. Eu me locomoveria como qualquer adulto, mas, em vez de pagar a passagem, eu teria um passe. Um motivo para ansiedade: o que aconteceria se eu perdesse o passe e não tivesse dinheiro? Como chegaria em casa? Aí era só andar (minha mãe). E, na verdade, eram pouco mais de dois quilômetros, não tão distante para andar — nem mesmo durante uma tempestade, como descobri naquele inverno, quando uma nevasca interrompeu o dia escolar.

E, em vez de ficar sentada na mesma sala com o mesmo professor o tempo todo, no secundário você trocava de sala e tinha um professor diferente para cada matéria. Mais um motivo para ansiedade: Eles seriam gentis? (O primário teve sua cota de monstros, incluindo alguns que não apenas acreditavam, como sentiam prazer no castigo corporal.) E, além das aulas habituais, como inglês e matemática, haveria outras novas, como educação física, para a qual eu precisava de um uniforme especial.

Teria aula de outro idioma — francês — pela primeira vez. Teria aula de música instrumental. Teria aula de arte. *O mundo se abria para mim*. Foi tudo um pouco avassalador.

Eu me lembro do sentimento melancólico que às vezes tomava conta de mim nos dias que antecederam a formatura e que fornecia ao dia tanta comoção.

A única escola que conheci, a qual frequentei por todos aqueles anos — desde que me lembro —, tudo o que aconteceu lá, anos de vida e aprendizado, obrigação e diversão...

E agora nunca mais veria a escola primária!

Eu me lembro de uma tarefa daquele primeiro ano do secundário: descreva em uma redação um dia importante em sua vida. Diga por que tal dia foi importante para você naquela época e como agora você se sente sobre isso.

Foi um dia feliz, foi um dia triste, foi um começo, foi um fim, foi um novo mundo acenando, foi um velho mundo perdido no tempo.

Era eu, obviamente sob o encantamento vertiginoso de Dickens.

Nem todos iríamos para a mesma escola. Eu sabia que nunca mais veria alguns dos meus colegas. Ou minhas professoras, ou a diretora, ou as moças do refeitório, ou a zeladora, uma imigrante siciliana humilde e gentil cujo amor pelas crianças era tão intenso que a iluminava como uma auréola.

Eu me lembro de como acordei naquela manhã, muito antes da hora de levantar. Vi o sol nascer pela primeira vez na vida. Vi a luz pálida no vestido que minha mãe tinha feito para mim — o vestido mais bonito que já tive —, pendurado atrás da porta do quarto: tule de algodão azul-claro, saia rodada, mangas curtas, cintura branca bordada com flores. Para ser usado com um novo par de meias brancas e de sapatos boneca de couro envernizado também brancos. (Um visual que, apenas um ano depois, aos doze anos, teria sido recebido com escárnio.)

Eu me lembro de como minha empolgação crescia a cada prova do vestido. De pé em uma cadeira, minha mãe falando através dos alfinetes que prendia na boca — de alguma forma, ela conseguia fazer isso sem os engolir nem deixar cair. Outra imagem dela: as noites em uma cadeira de balanço, curvada sobre seu bordado — como uma cena de cem anos antes. E de fato foi com ela, não foi?, que aprendi, desde cedo, quanto a vida é moldada pela tristeza pelo que fica para trás. A dela era a nostalgia permanente do imigrante, de um que atingiu a maturidade em tempos de guerra e para quem sair de casa foi como um ferimento mortal.

Eu me lembro de estar sentada em uma pedra no meio de um riacho, em um dia quente de verão. Acampamento de escoteiras. Em uma caminhada, paramos para descansar. Eu me lembro de ter mergulhado a mão na água fria e de como me ocorreu — não sei se foi algo que já tinha ouvido ou algo a que cheguei por conta própria naquele momento — que aquela era uma forma de descrever o tempo: um riacho fluindo rapidamente; segue uma direção, não pode ser interrompido nem detido. E me lembro de finalmente entender por que as pessoas (os adultos) viviam salientando a rapidez com que o tempo passava, o que até então parecia tão claramente falso para mim (sempre mais feliz na escola do que presa em casa, eu achava os verões intermináveis) e por que minha mãe dizia coisas como *Já é domingo!* e *Não posso acreditar que é 1964!*. Relacionei isso a outra coisa que ela dizia a todo momento, sempre que esbarrávamos com alguém que não víamos fazia algum tempo. Assim que a pessoa estava fora do alcance de sua voz, soltava: *Meu Deus, ele (ou ela) envelheceu tanto!*.

Ao permanecer sentada na pedra naquele dia, ainda que a mão começasse a doer por causa da água fria, eu a deixei ali pela sensação que tive, de estar prestes a ter uma Ideia, sem perder o foco.

O *tempo* passando era a *vida* passando, pensei. Era a *vida* que fluía rapidamente em uma direção e não podia ser interrompida nem detida. E isso era algo que pesava nos adultos, uma força inexorável que eles temiam. *Minha* vida, como a de todo mundo, também estava passando — compreendi. Mas eu ainda era criança, não conhecia nada desse medo. Eu conhecia apenas a excitação da minha mente girando. Eu me senti imensamente orgulhosa.

Vou ser poeta.

Eu me lembro de quanto queria compartilhar essa revelação surpreendente — contar tudo sobre a coisa muito estranha que acabara de acontecer comigo sentada ali na pedra no riacho —, mas com quem? Não com as garotas tomando sol em outras pedras, ou nas margens gramadas, que, por sugestão de alguém, tinham acabado de começar a cantar "Go Tell It on the Mountain", uma das músicas favoritas da tropa. Eu sabia que, se tentasse explicar a elas o que havia acontecido, soaria estranho. Não era uma coisa de escoteira. Era uma coisa Sou Introvertida. Sou Escoteira era igual a Sou Extrovertida. Eu conhecia a distinção, as palavras ainda não.

Nossos líderes estavam sempre nos martelando sobre a necessidade de olhar para fora de nós mesmas. *Fazer uma boa ação diariamente* era nosso lema; nossa promessa, *Ajudar as pessoas em todos os momentos*. A autoconfiança era incentivada, não a introspecção (olhar para o umbigo, *afe*). Não a autoexpressão.

Tirei minha mão dormente da água e me concentrei na música.

Eu me lembro de ganhar distintivos de atividades especiais de escoteira em primeiros socorros, hipismo, meteorologia e acampamento. Não havia distintivo de escriba, por escrever, como existe agora. Meu Deus, existe até um distintivo por escrever romances.

"Propósito: Quando eu ganhar este distintivo, saberei o que é preciso para escrever um grande romance e terei escrito pelo menos vinte páginas. Passo 1: Desconstruir um romance. Passo 2: Criar bons personagens. Passo 3: Desenvolver um enredo. Passo 4: Escrever pelo menos vinte páginas. Passo 5: Editar as páginas."

Moleza.

Eu me lembro de como entrávamos no auditório, como sempre fazíamos para a assembleia, em fila única por duas portas separadas, meninos à esquerda, meninas à direita, o sr. Quin ao piano tocando "Pomp and Circumstance".

Tínhamos de formar a fila de acordo com a altura. À minha frente estava Emma, à frente de Emma, Diane, e a primeira da fila era uma garota cujo nome esqueci (assim como o país onde nasceu), embora eu consiga vê-la diante de mim. Uma coisa minúscula — atrofiada, dizia-se, devido a uma doença ou desnutrição na primeira infância. Uma cruz minúscula em sua garganta, argolas minúsculas nas orelhas furadas minúsculas. Em seu vestido rosa de organza com um laço gigante nas costas, uma boneca ganha vida. Metade do tamanho daquelas no final da fila.

Eu me lembro da última garota de todas — a diferença era muito provavelmente uma agonia para ela —, tão grande quanto o último menino, tão grande quanto algumas das mães e dos pais que nos observavam de seus assentos no auditório.

— • —

Eis as estatísticas mais recentes que pude encontrar relacionadas à minha escola primária, consultadas no Centro Nacional de Estatísticas da Educação e no Departamento de Educação da Cidade de Nova York:

Sexo: 51% masculino, 49% feminino
Matrícula de minorias: 96%
Classificação geral nos testes do Estado de Nova York: 4.157 de 4.228 escolas
Proficiência nas pontuações dos testes de matemática: 14%
Proficiência nas pontuações dos testes de leitura/linguagem: 14%
Elegível para almoço grátis: 93%

No fim das contas, não me tornei poeta.

Eu me lembro, eu me lembro. Ó belo refrão.

Se você pudesse fazer uma pergunta a um cachorro, qual seria?

Podíamos nos ouvir, mas não nos ver, deitados como estávamos em dois sofás dispostos perpendicularmente, a cabeça de cada um no ângulo certo. Era a primeira vez que ficávamos juntos na sala de estar. Eureca também estava lá, empoleirado na mesinha de centro, olhando para nós com curiosidade; a situação incomum não passou despercebida por ele.

Pouco antes, na cozinha, tomávamos os sundaes que havíamos começado a desejar depois de fumarmos um baseado. Discussão interminável sobre se mel ou xarope de bordo combinaria melhor com o sorvete de leite de aveia com caramelo, banana e nozes. Concordamos que calda de chocolate seria a melhor opção, mas não tínhamos em casa.

E para Eureca: bananas e nozes sem sorvete. (Outra coisa que não passou despercebida por ele, mas era para seu próprio bem.)

Mas espere — por que era chamado de sundae?

Por causa de *Sunday*, "domingo" em inglês, eu tinha certeza. Mas por que era escrito com "e" em vez de "y" no final?

Ervilhaca pegou o celular. Uma história disputada, ao que parece, com várias cidades norte-americanas diferentes outorgando para si o berço da sobremesa. Chamado de sundae porque foi criado em um domingo, ou como alternativa em resposta a uma lei religiosa de Illinois que proibia a venda de vacas-pretas aos domingos, ou porque seu inventor era o sr. Sonntag ("domingo" em alemão), que o batizou com o próprio nome.

Quanto à grafia alterada: possivelmente porque algumas pessoas se opuseram ao fato de uma sobremesa ter o mesmo nome do Sabá.

Queríamos subir ao telhado quando acabássemos o sorvete, mas era um dia de chuva forte e constante.

Nova pesquisa: por que "chover canivetes"?

Outra origem incerta, provavelmente jocosa. Em outros lugares, em outras terras, em outros idiomas, chove merda de cachorro e mijo de vaca, cães e gatos, sapos, barbas de sapo, sapateiros ou aprendizes de sapateiro, velhas com porretes, velhas com bengalas, maridos.

Os últimos, em particular, me intrigaram, até que percebi que não era por fazerem referência a abundância (como na música "It's Raining Men" [Está chovendo homem]), mas a espancamentos (como aquelas velhas com bengalas e porretes).

As cadeiras altas da cozinha, em geral perfeitamente confortáveis, não eram tão confortáveis quando se estava chapado. Piores ainda quando se estava chapado e havia comido demais. Completamente precárias quando se estava balançando de tanto rir.

Tive uma ideia, disse Ervilhaca. Quer fazer algo bizarro? Vamos sentar na sala.

Nosso senso de tempo estava tão perdido que era como mudar de terminal em um aeroporto.

Se eu pudesse fazer uma pergunta a um cachorro, disse Ervilhaca, seria: Por que você ama tanto as pessoas?

Mas você já sabe a resposta para isso, eu disse. *Porque foi assim que você nos criou.*

Ok, o que você perguntaria?

Eu não fazia ideia. A pergunta não fazia sentido, eu disse. Qualquer que fosse a resposta que o cachorro desse, ela viria do mesmo lugar que a pergunta. Que não era do cachorro, eu disse.

Não entendi.

A pergunta supõe a possibilidade de uma resposta vir da consciência do cachorro, eu disse, quando na verdade ela viria de uma consciência humana — a minha —, sendo essa a única opção.

Depois de uma eternidade, Ervilhaca disse: Continuo sem entender.

Entender o quê?, eu disse, remando de volta ao meu lugar no diálogo.

Recomeçamos.

Se eu pudesse fazer uma pergunta a um cachorro, seria: Se eu posso lhe fazer *uma* pergunta, por que não posso fazer *mais* de uma?

Isso não é jogar, disse Ervilhaca. Isso é ser fofo.

Deixa pra lá. Não sou boa em experimentos mentais. Acho-os frustrantes. Você já foi a uma entrevista de emprego em que lhe perguntaram: Se você fosse um animal, qual seria?

Não, disse Ervilhaca. Nunca fui a uma entrevista de emprego.

Bem, isso acontece. Você tem que dizer que tipo de animal seria e explicar o porquê. E parece que a maioria das pessoas responde cachorro.

É mesmo?

Hu-humm. Mas, de acordo com os especialistas em aconselhamento de carreira, essa não é uma boa resposta.

Por que não?

Você não quer responder o mesmo que a maioria das pessoas. Você quer se destacar.

Então o certo seria mentir?

Acho que sim.

E qual seria uma boa resposta? Que tipo de animal?

Pelo que me lembro, responder que seria um leão ou um elefante era o recomendado — e nunca se deve dizer uma cobra, mesmo que seja verdade.

Rimos ao pensar em alguém respondendo uma cobra. Mas, ponderamos, uma pessoa cobra nunca diria que seria uma cobra.

Não entendo isso, disse Ervilhaca. Alguém me diz que, se fosse um animal, seria o rei da selva, e eu penso: Essa pessoa é uma narcisista, uma egomaníaca. Quero contratar alguém assim?

Não consigo imaginar uma mulher dizendo: Eu seria um leão, falei. Ou um elefante. Não consigo imaginar nenhuma mulher, por mais que ame e respeite os elefantes, dizendo que seria um elefante.

E uma ave? Essa seria uma boa resposta? Uma ave muito inteligente, como Eureca?

De alguma forma, não acho que "Eu seria um papagaio" cairia bem. Talvez outro tipo de ave. Um falcão ou uma águia — ou uma velha e sábia coruja? Claro, os melhores trabalhadores do mundo são insetos, como abelhas e formigas. Mas como soaria dizer que você seria um inseto?

Sim, isso é quase tão ruim quanto uma cobra.

Eu disse: Certa vez, quando estava no trem, ouvi a mulher sentada ao meu lado falando ao celular, avaliando alguém que acabara de entrevistar para uma vaga de emprego, e ela fungou: Esta é uma cumpridora de tarefas, não uma solucionadora de problemas. E quase deixei escapar: Como pode saber disso apenas com uma entrevista?

Então, como você responderia à pergunta?, questionou Ervilhaca.

Sobre o animal? Já disse, não sou boa nesse tipo de coisa. Não tenho uma resposta.

Também não sei que animal eu seria, disse Ervilhaca. Mas o que acontece se alguém disser isso ao entrevistador?

Dará adeus ao trabalho, acho.

Melhor, então.

E assim foi, nós dois passando mais um dia de confinamento enquanto a chuva caía como todas as coisas mencionadas anteriormente.

Ervilhaca foi a primeira pessoa que eu conhecia que começou a usar microdoses de psilocibina. (Desde então, tenho conhecido cada vez mais pessoas que o fazem.) Vários medicamentos psicotrópicos foram prescritos para ele desde a infância, contou, e nenhum funcionou bem. Ou algo pode funcionar por um tempo e depois parar. Mas maconha e psilocibina faziam maravilhas, disse ele; sempre se podia contar com elas.

Pensei em Olaf e na terapia medicamentosa que desenvolveu para ajudar Amarílis e outras jovens.

Até mesmo um pouco de psilocibina pode aliviar o estresse e manter você fora do porão do inferno, disse Ervilhaca.

Acho que foi o fato de ele dizer "porão do inferno" que me convenceu, contei a Violeta. E ainda podia ajudar no bloqueio do escritor. E não vicia.

Parece nome de banda, disse Violeta, a qual também achou por bem me lembrar: tudo que o deixa chapado pode viciar.

Falando nisso, Ervilhaca tinha acabado de me mostrar um vídeo de papagaios selvagens viciados em ópio destruindo o campo de papoulas de um fazendeiro indiano.

Agora que estávamos fumando maconha ou tomando microdoses todos os dias, Ervilhaca e eu conversávamos regularmente. Os papos começavam trivialmente quando estávamos chapados e se tornavam cada vez mais sérios à medida que ficávamos caretas.

Um dia perguntei sobre a namorada, e ele me disse o que eu já imaginava: estavam terminando. Ele a acusou de querer terminar com ele havia algum tempo, mas não quis assumir a responsabilidade por isso. (Não tenho certeza do que ele quis dizer com "algum tempo"; eles estavam juntos havia apenas oito meses. Mas foi o período mais longo que já ficou com alguém, ele disse. Embora nunca tenha me mostrado uma foto dela, sempre imaginei uma grande beleza, por causa daquele preconceito — embora contrariado pela realidade — que diz que um homem com a aparência dele jamais ficaria com ninguém menos que deslumbrante.)

Ela não vai admitir, disse, mas tem medo de se comprometer com alguém que esteve no hospício. (Ele sempre o chamou assim: hospício.) E eu entendo, ele disse, realmente entendo. Ela deveria dizer isso, no entanto. Ela deveria ser honesta, disse ele. Mas, veja, isso a faria se sentir muito culpada. Então, em vez disso, continua fingindo que não acredita que eu de fato me importo com ela. Quando pergunto o que a faz acreditar nessa coisa obviamente falsa, fica toda vaga, ele disse. Tipo, às vezes, quando fala comigo, ela diz que percebe que não estou realmente ouvindo. Talvez meus olhos aparentem dizer que não estou ouvindo. E talvez seja verdade, às vezes não estou, talvez às vezes eu me distraia — ela sabe que tenho um histórico de TDAH —, mas isso não é uma prova de que não me importo, é?

Preciso admitir que, quando Ervilhaca falava assim, às vezes me sentia um pouco enjoada.

De qualquer forma, ele disse, é melhor assim. Ela pode se sair melhor sem mim, tenho certeza. É fácil para mim vê-la casada e feliz com um cara normal. Ela mesma é bem normal, o que acho que é um forte motivo que me levou a me sentir atraído por ela. Na verdade, houve momentos em que isso me ajudou, que o fato de ela ser tão normal me fez sentir que eu também deveria ser — pelo menos normal o suficiente.

Não era assim que se sentia na maior parte do tempo, disse ele.

De qualquer forma, é melhor assim, repetiu. E depois de uma longa pausa: Espero que ela tenha uma boa vida. Ela merece.

Ele engoliu em seco, e senti a dor na minha garganta.

Indaguei por que ele achava que era seu histórico psiquiátrico que a fez querer terminar; respondeu que era porque ela nunca lhe havia perguntado sobre isso, e, nas poucas vezes que ele mencionou, ela imediatamente mudou de assunto.

Era como se eu estivesse lhe contando que estive na cadeia, disse. Ela não queria saber. E então cometi o erro de contar algo que um dos médicos me dissera pouco antes de eu receber alta, que havia uma chance de eu voltar para lá — talvez até mais de uma vez —, porque eu tinha certa vulnerabilidade, e que eu deveria estar sempre ciente disso e tentar evitar possíveis gatilhos.

(Como eu poderia saber se um dia a redoma de vidro não desceria novamente?)

Sim, ele disse, posso vê-la daqui a alguns anos casada e com filhos. Mas eu, quando tento me imaginar sendo isso, um marido? Ah, meu Deus, um pai? Bem, é isso, não consigo imaginar. Acho que nunca estarei pronto para ficar com alguém.

Tive de contestar, é desnecessário dizer. Tive de dizer o óbvio: ele ainda era muito jovem, jovem demais para pensar assim, para chegar a conclusões radicais sobre a vida.

Como você nunca se casou?

Exatamente o que eu esperava que ele não perguntasse. Eu não fui feita para isso, foi tudo o que respondi.

Bem, é o que também estou dizendo. Também acho que não fui feito para isso.

Mas você não pode saber disso na sua idade, insisti.

Quando você soube?

Ah, não tenho certeza. (Foi bem cedo. Depois dos primeiros relacionamentos que não deram certo. Mesmo assim, não quis desistir — os homens são diferentes, afinal, e eu não tinha um tipo em mente. Continuei escolhendo homens que eram radicalmente diferentes um do outro, mas no final poderiam muito bem ser o mesmo.)

Simplesmente não fui feita para isso, falei. Simplesmente não consegui fazer dar certo.

É engraçado, disse ele. As pessoas sempre comentaram sobre o casamento dos meus pais. Durante toda a vida ouvi pessoas dizerem que invejavam meus pais pelo casamento feliz. Mas não sinto nada disso. Quando olho para eles, sei que não gostaria de ter aquilo... aquilo que eles têm.

Por que não?, perguntei, embora, mesmo sem conhecê-los, tivesse certeza de que não os invejaria nem um pouco.

Acho ruim o jeito que eles pensam sempre da mesma maneira. Ou pelo menos é o que dizem. Tipo, se não estivessem em total sintonia, o relacionamento desmoronaria. Até meu terapeuta diz que existe algo errado com um casal que nunca briga.

Talvez você esteja exagerando, falei. Talvez seus pais tenham discordado sobre muitas coisas, mas nunca na frente do filho.

Tudo o que sei é que eles sempre ficam do lado um do outro, disse ele. Não consigo me lembrar de uma única vez que um deles ficou do meu lado. É por isso que sempre quis um irmão ou uma irmã. Então eu teria algum aliado. Então nem sempre seria eu contra eles.

Um dia ele me contou o que aconteceu para que seus pais o expulsassem de casa.

O grande lance da minha mãe é a poesia, relatou. Ela sempre diz que a poesia é o que a ajuda a enfrentar a vida. Mas, se você quer saber, isso só tornou a vida dela mais difícil.

Na minha infância e adolescência, continuou, sempre que tínhamos visita em casa, ela lia alguns de seus poemas em voz alta. Em todos os jantares, todos os feriados, acontecia uma leitura, disse ele, e ela sempre agia como se fosse um presente especial para todos, como se estivesse fazendo isso por eles, e não por si mesma.

Eu me sentia envergonhado por ela. Meu pai nunca tentou impedi-la, mas não parecia muito feliz enquanto ela declamava, nem as outras pessoas. Assim que ela terminava, porém, ele começava a bater palmas, bem alto, para que todos entendessem a indireta. E muitas vezes ninguém tinha nada a dizer depois, exceto, talvez, Ah, que lindo, mas de um jeito que se poderia dizer que as pessoas estavam apenas sendo educadas. E minha mãe ficava desapontada. Isso aconteceu repetidas vezes, e eu me perguntava por que ela continuava fazendo isso. Era como uma maluca compulsão masoquista. Ela simplesmente não conseguia se conter.

Às vezes, depois que todos iam para casa, ela reclamava da falta de apreço deles. Eu devia saber que nenhum deles entenderia, ela dizia. Tipo: O que essa gentinha sabe sobre poesia? Poesia era algo sagrado para ela, e, se você ama poesia, é uma pessoa superior.

Minha mãe lia poesia por algumas horas todos os dias, disse Ervilhaca. Os livros dos poetas que ela mais amava, ela relia todos os anos.

Perguntei quais eram os poetas que a mãe dele mais amava, mas Ervilhaca não conseguiu citar nenhum.

Ela tinha alguns de seus poemas publicados, disse ele, mas isso não a satisfazia muito, não apenas porque era uma pequena fração do que havia escrito, mas porque parecia que as revistas que a publicavam não eram as que ela mais prezava.

Perguntei quais revistas haviam publicado o trabalho dela, e ele também não soube me dizer.

Ela sempre enviava poemas, os quais eram sempre rejeitados, contou Ervilhaca. Lembro-me de uma vez, quando perguntei por que ela não desistia, em que ela respondeu: Não escrevo para ser publicada. Se eu nunca fosse publicada, ainda assim escreveria. Além disso, sei que meu melhor trabalho é tão bom quanto aquilo que é impresso por aí.

Seu trabalho também era escrever. Escrevia releases para a imprensa e outros materiais para um museu de artes indígenas, além de redigir cartas de solicitação de financiamento para diversas organizações sem fins lucrativos.

Aquilo era pão, dizia, de acordo com Ervilhaca, e poesia, rosas.

Nunca me interessei por poesia, dela ou de qualquer outra pessoa, disse Ervilhaca. O que não era um problema quando eu era mais novo, mas isso passou a incomodá-la mais tarde. Meu pai ficava tentando me dizer que eu deveria dar mais apoio, que ela não recebia muito incentivo no mundo, porque poesia era um negócio competitivo e ela não tinha as conexões literárias certas etc.

Não sou juiz, disse Ervilhaca. Mas uma vez perguntei ao meu pai sobre isso. Perguntei a ele o que achava dos poemas dela, e ele disse que também não era juiz, a maior parte da poesia nem entendia, mas, pelo que podia dizer, ela tinha jeito com as palavras. Não que fosse uma profissional, disse o pai, não como os grandes poetas que ela admirava, claro. Mas qualquer um podia ver que tinha talento. Então, talvez algo entre um profissional e um amador, disse o pai. Melhor que a média, ele queria dizer.

Mas essa não era a questão, Ervilhaca contou que seu pai havia dito. A questão era que escrever poesia era uma parte muito significativa da vida de sua mãe, ela se dedicava tanto e merecia mais atenção.

Eu sabia que havia uma falha nessa lógica dele, disse Ervilhaca. Mas também sabia que ele também sabia disso, então desisti. Na verdade, esqueci tudo sobre aquela conversa.

Até a grande briga.

Os pais de Ervilhaca ficaram chateados quando perceberam que ele não estava assistindo às aulas on-line, como era exigido. O que eles não sabiam era que o filho havia parado de assistir às aulas antes mesmo do confinamento. Já havia desistido da faculdade, ele me contou. Eu estava tão cansado daquilo que não conseguia me importar em concluir o curso.

Na verdade, ele nunca foi feliz na faculdade, disse; ali, nunca sentiu que se encaixava.

Teve muitos problemas para decidir sobre a principal disciplina, continuou. A princípio pensou que poderia ser antropologia, mas não se saiu bem nos cursos introdutórios e acabou em ciência política. Isso se deveu em parte à influência de seu avô, o diplomata, que contou histórias interessantes sobre o trabalho em relações exteriores e convenceu Ervilhaca de que ele também poderia ser escolhido para uma carreira no governo. Por um tempo, pensou que poderia ver um caminho para si nessa área; concentrou-se na possibilidade de algum trabalho na Inteligência. Era capaz de ver como isso poderia ser incrível, disse ele. Mas então desanimou da ideia de trabalhar para o governo — ou qualquer outra instituição, aliás.

Todo o sistema está fodido, disse ele. Basta olhar para o trabalho de merda que foi feito com a pandemia. Tudo — é tudo apenas uma grande fossa. Não há realmente nada que se possa fazer sem sujar as mãos. E, para ser honesto, tinha de admitir que não havia nenhum trabalho que o entusiasmasse. E sem dúvida não queria ir para a pós-graduação. Ele não se importava em ganhar dinheiro. E o que poderia fazer sem simplesmente consolidar sua identidade como heterossexual cisgênero branco privilegiado? Havia alguma oportunidade promissora disponível que ele não fosse moralmente obrigado a deixar para alguém de algum grupo marginalizado historicamente?

E como alguém poderia fazer planos de longo prazo? Como pensar no próprio futuro quando o destino da Terra era tão incerto?

Foi aqui que desejei que nós — ou pelo menos eu — ainda não estivéssemos chapados.

Sem saber por onde começar, apenas perguntei o que *ele* queria?

Isso me assusta, ele disse, mas a verdade é que eu realmente não quero nada — não com muita intensidade, pelo menos, não quero nada que eu de fato possa ter. Tipo, me assusta como na maior parte do tempo eu pareço não sentir nada. Acho que gostaria de ter nascido em uma época em que tudo e todos não fossem tão fodidos.

Meus pais agem como se eu fosse o único que está fodido, disse, mas, você sabe, talvez nem todos terminem no hospício, mas por que todo mundo que eu conheço está tomando remédios ou se automedicando com uma ou outra substância legal ou ilegal? Não consigo lembrar quando isso não era a realidade.

Até mesmo a namorada dele, disse. Só porque ela era normal não significava que não precisava de Xanax. E o médico dela a havia iniciado nesse ansiolítico no ensino médio.

No segundo ano, ele disse, optei por este curso: O Romance Estadunidense desde a Segunda Guerra Mundial. Trabalhamos com *Na estrada* — li duas vezes, gostei muito. Agora, há algo que eu gostaria de ser capaz de ter. Esse tipo de liberdade. Para poder cair na estrada assim, sem bagagem, sem planos, só fazendo o sinal de carona. Ou pegar um ônibus, percorrer todo o país. Encontrando todos aqueles tipos diferentes. Que legal isso deve ter sido.

(Isso me fez pensar: Por que as coisas mudaram tanto? Pegar carona ainda era legalmente permitido na maior parte dos Estados Unidos — por que se tornou tão raro? Em parte, eu sabia, por causa da campanha da polícia para desencorajar a atitude, divulgando-a como perigosa, sobretudo para mulheres, embora na verdade nunca tenha sido particularmente perigoso, nem mesmo para as mulheres. Em algum momento, qualquer estadunidense que precisasse de uma carona começou a parecer suspeito: Por que essa pessoa não tem carro? E que grande coisa seria oferecer uma carona. Menos carros na estrada; quem não gostaria disso? Mas isso não vai acontecer. Não em uma sociedade onde o medo de estranhos cresce a cada dia. Ainda havia a empresa de ônibus Greyhound, é claro, mas ande em um desses veículos coletivos hoje e veja: ninguém está conhecendo estranhos, ninguém está olhando pela janela, todos estão em um dispositivo eletrônico.

Um "Eu me lembro" de Brainard que também é meu: Sempre existe um soldado em um ônibus.

Mais ou menos um ano depois dessa conversa com Ervilhaca, quando comer em um restaurante voltará a ser possível, sairei para jantar com uma amiga. Perto do final da refeição, nossa garçonete, uma jovem, se aproximará de nossa mesa com uma expressão triste e dirá: Nem sei dizer como fico com ciúmes vendo vocês sentadas aqui todo esse tempo, conversando uma com a outra. Meus amigos e eu, sempre que estamos juntos, estamos o tempo todo com o celular na mão.)

Ervilhaca: O professor desse curso nos disse que tudo continuava igual uma década após *Na estrada*, que quando ele estava na faculdade os nomes Califórnia e Colorado eram sinônimo de paraíso, e o sonho de viajar para o Oeste estava no auge. Na década de 1960, ele mesmo havia feito várias vezes aquela viagem cruzando o país, contou-nos. As rodovias estavam repletas de pessoas segurando cartazes dizendo Denver, San Francisco ou Cidade do México, disse o professor. Em geral uma pessoa solteira, mas às vezes um casal, talvez até uma família pedindo carona. Certa vez, um cachorro sozinho com uma placa no pescoço dizendo *Qualquer lugar*.

Uma liberdade que nunca deveríamos ter deixado escapar, lamentou o professor de Ervilhaca. Após a formatura, também viajou por toda a Europa, disse ele, quase sem dinheiro e, claro, sem cartões de crédito. Tudo fazia parte da juventude, era tudo o que se precisava naquela época, dizia o professor para a turma: ser jovem. Você não precisava de dinheiro. Precisava de amigos, e sempre foi muito mais fácil fazer amigos quando se é jovem, disse ele, e naquela época fazer amizade com todos os tipos de pessoas era mais fácil do que hoje.

(Aqui não pude deixar de pensar na fala de um personagem interpretado por Burt Lancaster no filme *Atlantic City*. "O Oceano Atlântico era especial. Sim, você deveria ter visto o Oceano Atlântico naqueles dias.")

E, assim como as amizades dos personagens do livro, baseados em Jack Kerouac e seus amigos da vida real, aquelas foram as amizades mais intensas e significativas da vida do próprio professor, aquelas viagens de carro, alguns dos melhores momentos que viveu, e ele achava que seria sempre assim, contou à turma de Ervilhaca. Achava que sempre haveria a estrada aberta, sempre haveria caronas e motoristas felizes em levá-los, e sempre haveria a Califórnia, é claro (ou pelo menos até o Big One, o terremoto que separaria o estado, com o qual ninguém parecia se preocupar seriamente), e a Califórnia sempre faria a viagem valer a pena, não importava quão longa ou difícil fosse, a Califórnia das montanhas e das praias magníficas e dos pores do sol alucinantes do Pacífico e das pessoas loucas, amigáveis e bonitas. E agora, disse o professor, como se já não fosse doloroso o suficiente o que a superpopulação e o superdesenvolvimento tinham causado, havia incêndios florestais o ano todo e as secas ameaçando uma devastação total.

Perguntei a Ervilhaca o que ele pensava desse velho professor nostálgico, e ele respondeu que o achava legal, mas que não tinha gostado muito do curso. Nunca fora um grande leitor, disse Ervilhaca, e, diferentemente do livro escrito por Kerouac, não conseguiu ler a maioria dos outros livros da bibliografia.

Perguntei quais outros livros estavam nessa lista de leitura, mas ele não conseguia se lembrar.

Ele se lembrava de alguns trechos favoritos de *Na estrada*. De um no qual Sal fala sobre acordar em um hotel em algum lugar e não saber quem é: "Não fiquei apavorado; eu simplesmente era uma outra pessoa, um estranho, e toda a minha existência era uma vida mal-assombrada, a vida de um fantasma".

Acordo me sentindo assim o tempo todo, disse Ervilhaca. Só que eu sinto medo.

"Nada atrás de mim, tudo à minha frente, como sempre na estrada" — todo mundo se lembra desse.

E: "As únicas pessoas que me interessam são os loucos...".

Eu me lembro de um cartão-postal, recebido em algum dia de 1970: uma cena de algum parque nacional, enviado por alguém que abandonou a faculdade no primeiro ano. No verso, um empréstimo de Kerouac: "Eu estava na metade da América, meio caminho andado entre o leste da minha juventude e o oeste do meu futuro". Então: "Amor, você já se arrependeu de não ter vindo?".

Mesma época. Presa no centro de Manhattan sem dinheiro suficiente para uma passagem de metrô para chegar em casa, prestes a pedir esmolas, quando vejo um homem de rabo de cavalo ao volante de um Bonneville conversível branco parado em um sinal. Um violão no banco de trás. The Doors tocando no rádio. Conforme seguíamos pela cidade, fico sabendo que no dia seguinte ele ia levar o carro para o Novo México. Eu queria ir junto? Posso dizer com certeza que, se não houvesse outro homem em casa esperando por mim, eu teria ido.

Mas agora parece que nada daquilo pode ter acontecido, que devo estar inventando.

Ervilhaca: Então lá estávamos, nós três discutindo sobre meu futuro. E minha mãe me colocava para baixo, dizendo que eu estava apenas sendo preguiçoso, matando aquelas estúpidas aulas pelo Zoom, e como eu arruinaria minha vida. Qualquer um sem um diploma universitário era alguém sem esperanças, dizia ela. Não se pode chegar a lugar algum sem um diploma, e eu, como um desistente, seria tachado de perdedor, alguém burro demais para concluir a faculdade, e ninguém me respeitaria, e blá-blá-blá.

E eu disse que ela estava errada. Disse que o que ela havia dito simplesmente não era verdade. Eu poderia citar alguns caras brilhantes que nunca concluíram a faculdade. Talvez ela tenha ouvido falar de Bill Gates? Mark Zuckerberg? Steve Jobs? Aqueles que acabaram sendo algumas das pessoas mais inteligentes e bem-sucedidas que já existiram?

E não era como se eu estivesse me comparando com aqueles caras, disse Ervilhaca. Quero dizer, eu nunca faria isso. Mas foi o que ela decidiu pensar, e riu. E ela disse: Mas esse é o problema! Você não é tão inteligente! Você não é nada parecido com esses homens, apenas *pensa* que é. E foi aí que eu disse... não lembro exatamente o que eu disse, mas algo sobre ela não ser uma grande poeta, mas apenas alguém que *pensa* que é, e repeti o que meu pai havia dito, sobre ela não ser uma profissional.

E acho que foi a pior coisa que eu poderia ter feito, disse Ervilhaca, porque os dois ficaram mais bravos comigo do que nunca. E ela também ficou muito brava com meu pai. O que nunca acontece. Depois disso as coisas ficaram bem feias naquela casa para eu permanecer ali. Se eles não tivessem me pedido para ir embora, eu teria ido de qualquer maneira.

Um longo silêncio se passou. Por fim, Ervilhaca voltou a falar. Você acha que foi tão ruim o que eu disse?

Foi cruel, respondi. Foi bem cruel. Então, sim, eu diria que foi ruim.

E o que ela me disse, aquilo não foi?

Suspirei. Também cruel, falei. Também ruim.

Tive medo de que me perguntasse qual deles eu achava que estava certo, mas ele mudou de assunto, e só mais tarde me lembrei do livro de memórias que Violeta mencionou, no qual a mãe de Ervilhaca descrevia como fora criá-lo. Eu tinha certeza de que ele não sabia nada sobre o livro.

Por que romances?, queria saber Ervilhaca. Por que não poesia?

Contei a ele sobre a afirmação de Faulkner: todo romancista era um escritor que começou querendo escrever poesia, mas falhou, depois tentou escrever contos e falhou, e então por fim se dedicou a escrever romances.

Uma ideia que Ervilhaca teve dificuldade de entender.

Você está dizendo que poesia é mais difícil de escrever do que um conto e que um conto é mais difícil de escrever do que um romance?

Sim. Ou: mais pessoas são capazes de escrever romances do que poemas ou contos, que são formas mais difíceis.

Como isso pode ser, tendo em vista que romances são mais longos e devem levar mais tempo para serem escritos?

Não tem a ver com o tamanho. Não tem a ver com o tempo.

Quer dizer que um romance longo é mais fácil de escrever do que um curto?

Hum, não. Mas, para tomar emprestado o que disse certo crítico literário, em quase todos os livros longos que leio, vejo um curto se esquivando de seu trabalho.

Solicitado a nomear a experiência de vida mais importante para o sucesso artístico, um laureado com o Nobel disse: Fracasso.

"A maioria dos fracassos vem com muita facilidade", foi a opinião incomum de R. P. Blackmur. "Um fracasso genuíno vem difícil e lentamente e, como em uma tragédia, só é totalmente percebido no final."

Blackmur acreditava que a própria vida, que lhe trouxe fama como talvez o crítico literário mais brilhante dos Estados Unidos e um reverenciado professor de Princeton, havia conseguido ser um fracasso genuíno. (Mais um prodígio que não só não fez faculdade, como nem mesmo terminou o ensino médio, tendo sido expulso aos catorze anos, após um confronto com o diretor.)

Gosto da poeta que incluiu nos agradecimentos as menções ao National Endowment for the Arts [Fundo Nacional Para as Artes] e à Fundação Guggenheim, "cujas rejeições me levaram a terminar este livro".

Também gosto da ideia de Brian Moore de que, enquanto o sucesso faz de você algo que não era antes, o fracasso faz de você "uma destilação mais intensa" de quem é.

Quando você diz a alguém que está tendo problemas para escrever, por que ninguém nunca diz: Então pare de escrever?

Imagine o Editor dizendo: Não precisa ficar perfeito.

"Provavelmente será bastante imperfeito", escreveu Virginia Woolf em seu diário ao começar a trabalhar em um novo romance. Entusiasmada, ainda assim.

Com o confinamento, as pessoas começaram a pensar o que implicava o fato de o trabalho que faziam não ser considerado essencial. Algumas confessaram considerar isso um pouco desanimador. Muitas foram levadas a repensar o trabalho que faziam, a cogitar encontrar um novo emprego ou pelo menos abandonar o atual — assim como muitos estudantes estavam abandonando a faculdade. Outras planejavam manter o emprego, mas prometeram levá-lo menos a sério no futuro.

Para os escritores, a distinção era fácil. Apenas os jornalistas são essenciais.

Ouço protestos — um coro citando o bom poeta que versa sobre homens morrendo miseravelmente por falta do que pode ser encontrado em "poemas menosprezados". Mas se todos, exceto os jornalistas, parassem de escrever, ainda teríamos um vasto tesouro de ficção e poesia ao qual recorrer. Silenciem todos os jornalistas, e teremos o fim dos direitos humanos. Todo líder político autoritário sabe bem disso, e é por isso que são os jornalistas que devem se preocupar com a possibilidade de serem assassinados. Como foram, de acordo com o relatório anual do Committee to Protect Journalists [Comitê para a Proteção dos Jornalistas], mais de dois mil deles nos anos seguintes a 1992.

E é claro que nem sempre o alvo é um jornalista. Estou pensando em Salman Rushdie.

Mas as imagens de profissionais de saúde angustiados dificultaram entender a invenção de histórias sobre pessoas fictícias como uma vocação heroica.

"Alguém mais notou como o mundo está ficando estranho?", perguntou Salman Rushdie em um discurso na premiação do PEN America Literary Gala em 2004.

Agora somos um mundo definido por desastres contínuos. E Beckett estava certo. A eloquência a respeito do desastre não será suficiente.

Desde o início, o humor pandêmico foi prolífico e uma bênção; pois, ainda mais do que esperança, o humor nos ajuda a perseverar. Não nos esqueçamos do cômico não intencional. Pessoas tentando fazer máscaras faciais com tudo o que tinham à mão: absorventes íntimos, bojos de sutiã, chapéus de festa, folhas de repolho. A família duplamente amaldiçoada estando em quarentena com uma infestação de percevejos.

Por outro lado, tornava-se cansativo ouvir tantos citarem Brecht: "Nos tempos sombrios/ Haverá cantoria?/ Sim, haverá cantoria./ Sobre os tempos sombrios".

A ironia é que agora eu mesma fiz isso.

Citando Brecht, uma organização literária apresenta uma palestra no Zoom: *Que tipo de cantoria você acredita ser mais importante em nossos tempos sombrios? E ainda há lugar para a ficção?*

Um consenso crescente: O romance tradicional perdeu seu lugar como o principal gênero de nosso tempo. Pode ainda não estar morto, mas não permanecerá por muito tempo. Não importa quão bem-feito, parece faltar urgência a ele. Por mais imaginativo que seja, parece carecer de originalidade. Embora ainda seja um meio poderoso de retratar o caráter humano e a experiência humana, de alguma forma, cada vez mais, a narrativa ficcional está parecendo irrelevante. Cada vez mais escritores estão tendo dificuldade em silenciar uma voz que diz: *Por que você está inventando coisas?*

Conclusão: Talvez o que se deseje em nossos tempos sombrios de antiverdade, com toda a nossa flagrante hipocrisia e o uso crescente de histórias como um meio de distorcer e obscurecer a realidade, seja uma literatura de história pessoal e reflexão: direta, autêntica, escrupulosa sobre os fatos.

Talvez também relevante: a vontade de evitar acusações de apropriação cultural, de não permanecer no seu quadrado.

Certa vez, em um painel literário, Ian Frazier declarou seu motivo para não ler romances: "Quando você lê um romance, ele começa com Johnny estava andando na rua, e tudo em que consigo pensar é não, ele não estava".

A arte que nos tira da vida cotidiana, que nos leva a outro estado, foi a visão do cineasta iraniano Abbas Kiarostami. "O tempo de Sherazade e o Rei — o tempo de contar histórias — acabou."

Ervilhaca foi embora. Foi morar com dois colegas de quarto que precisavam de um terceiro para dividir um *loft* em Long Island City. Arranjou um emprego. Um restaurante da vizinhança sobrecarregado com pedidos para viagem e entregas tinha tantos funcionários doentes que o proprietário o contratou por telefone, antes mesmo de conhecê-lo.

Eu poderia ter dito ao dono do restaurante que, se eu fosse um animal, seria um bicho-preguiça, e ainda assim ele teria me contratado, disse Ervilhaca.

Não era um grande salário, mas ele ainda tinha a maior parte do dinheiro que o pai depositara em sua conta no início do semestre e permanecia autorizado a usar um dos cartões de crédito da família.

Eles nunca o cortariam, disse ele. (Frio. Ingrato.) Têm muito medo do que eu poderia fazer. (Descarado.)

Levou Eureca com ele. Não foi difícil fazer Íris concordar com isso, disse ele. Tudo o que precisou fazer foi pedir. Ela sabia como ele e Eureca sempre se deram bem e agora sentia pena de Ervilhaca. Após ter se desentendido com os pais, terminado com a namorada, ela entendia quanto ele precisava de alguém para cuidar. E no momento toda a atenção dela estava no bebê, que nascera prematuro e acabara de chegar da UTI neonatal.

Ninguém quis saber minha opinião. Ninguém discutiu nada disso comigo.

Ele ia deixar as asas de Eureca crescerem, disse. Encontrou um tutorial que mostrava como ensinar um pássaro cujas asas sempre foram cortadas a voar. Isso poderia ser feito com segurança dentro de casa, pois o *loft* era enorme — um antigo chão de fábrica —, com pouquíssima mobília. Ao ar livre, é claro, Eureca sempre teria de ser monitorado. Mas, se tudo corresse bem, ele nunca mais teria as asas cortadas.

Isso é maravilhoso, eu disse, com o coração partido.

E os vi partir: da minha vida, do meu romance.

Antes que a médica que se hospedara em meu apartamento retornasse ao Oregon, nós duas nos encontramos brevemente no Union Square Park. A pandemia está longe de terminar, disse ela. Muito provavelmente continuará conosco, de uma forma ou de outra, nos próximos anos. Estava otimista com o fato de que uma vacina estaria disponível ainda mais cedo do que o esperado, mas não tão otimista quanto à aceitação da vacina pelas pessoas.

Se todos no planeta tivessem concordado em usar máscara e manter dois metros de distância uns dos outros por um tempo — por pouco tempo —, a covid não teria tido chance, disse ela. Agora é tarde demais, e são os mais vulneráveis entre nós que não têm chance.

Daqui a alguns anos, disse a médica, acredito que as pessoas vão olhar para trás e ver tudo isto como mais um exemplo da barbárie humana. (Observe a suposição esperançosa de que nossos descendentes serão mais humanos do que nós.)

Os médicos estão acostumados a ver as pessoas se comportarem de maneira irracional, disse ela. Diante da doença, da dor e da morte — o que você espera? —, o comportamento irracional é perfeitamente natural. E estamos acostumados a lidar com a negação pelo mesmo motivo. Mas o que é tão preocupante é ver esse comportamento em grande escala. É como se o mundo inteiro acordasse um dia e tomasse uma pílula gigante de estupidez.

Eu sempre soube como o ser humano pode ser tolo, disse a médica, e, desde que existem vacinas, existem grupos antivacinação. Mas devo dizer que nunca pensei estar vivendo em uma época tão perversa e entre tantas pessoas tão perturbadas que, diante da escolha de matar o vírus ou matar o dr. Fauci, matariam o dr. Fauci.

O que a pandemia lhe ensinou: apesar dos avanços espetaculares da ciência e da tecnologia, um dos maiores benefícios da vida na atualidade, ela não acreditava mais em nossa capacidade de resolver os problemas existenciais que o mundo hoje enfrenta.

Eu já tinha visto isso antes: a raiva, a exaustão, o olhar de mil jardas. Assim como aqueles combatentes veteranos de outras guerras, ela tinha histórias para contar — das grandes —, mas para ela, assim como para aqueles, só quem já tivesse passado por isso entenderia; valia a pena conversar.

"Provavelmente será bastante imperfeito. Mas acho possível que eu tenha conseguido erguer minhas estátuas contra o céu."

Era sobre *As ondas* que Woolf estava falando. Um ano antes, quando começou a planejar o romance, ela escreveu: "Talvez possa ser chamado de autobiografia".

Seu romance mais ambicioso até então. Escrito "com base no ritmo, não no enredo". (E para o qual, como o amigo T. S. Eliot, ela se inspirou ouvindo o Beethoven do final da vida.)

Para o próximo grande romance (antes veio *Flush*, a biografia inventada do cocker spaniel de Elizabeth Barrett Browning), ela tinha uma aspiração ainda maior: inventar uma nova forma. O romance-ensaio. Capítulos de ficção alternando-se com capítulos de não ficção, "um evento fantástico" que incluiria, bem, tudo: "sátira, comédia, poesia, narrativa [...] E haverá milhões de ideias, mas nenhuma pregação — história, política, feminismo, arte, literatura —; brevemente falando, um resumo de tudo o que sei, sinto, rio, desprezo, gosto, admiro, odeio, e assim por diante".

Um experimento que falhou, no entanto. No final, o trabalho em andamento precisou ser dividido em dois livros separados: *Três guinéus*, uma polêmica sobre as conexões entre sociedade patriarcal, fascismo, guerra e opressão das mulheres; e um romance, *Os anos*, a história de uma família chamada Pargiter de 1880 até o "Dia Presente" da década de 1930.

"Era uma primavera instável."

Embora seja um grande best-seller e inicialmente mais popular do que qualquer um de seus livros anteriores (imagine se puder: até mesmo uma edição produzida e distribuída pelo Exército para o prazer de leitura dos soldados estadunidenses durante a Segunda Guerra Mundial), não é um grande romance. Não é nem mesmo um romance muito bom, embora ela tivesse trabalhado mais nele do que em qualquer outro livro até então, e concluí-lo a levou à beira de um colapso. Quando ela entregou o manuscrito ao marido — sempre seu primeiro, mais importante e confiável leitor —, por medo de que sua opinião honesta poderia provocar um estado tão vulnerável nela, ele mentiu.

Mais de meio século após o aparecimento de *Os anos*, outra escritora contaria em seu diário sobre a própria ideia para um projeto literário extremamente ambicioso: "Esta noite, sei que tenho que escrever 'a história de uma mulher' ao longo do tempo e da história". Cerca de vinte anos depois, Annie Ernaux publicou uma narrativa pessoal abrangendo o período entre 1941 — o ano seguido ao de seu nascimento, o mesmo em que Woolf morreu — e o que era então o presente, 2006: a autobiografia de uma mulher que também era uma espécie de autobiografia coletiva de sua geração.

Entre as inspirações de Ernaux estavam o "Eu me lembro" de Georges Perec.

Ela também chamaria seu livro de *Os anos*.

Um dos livros da Collection Blanche da Gallimard.

(Eu me esquecera de que Woolf certa vez escreveu uma história sobre uma mulher e um papagaio. A mulher, uma velha viúva chamada sra. Gage, é "apesar de sua pobreza [...] devotada aos animais, e muitas vezes ela mesma preferia não poupar seu cachorro de seus ossos". O papagaio, James, cuja linguagem é descrita como "muito extrema", ajuda a sra. Gage em um momento de grande necessidade. Uma fábula sobre "a recompensa da bondade para com os animais", que havia sido encomendada por seus dois sobrinhos para o jornal diário da família. Embora eles o tenham publicado, só o fizeram para não ferir seus sentimentos. Um conto moral à maneira vitoriana não era nada do que estavam esperando, e ambos o acharam terrível.)

Gosto da maneira como um tradutor de Proust nos esclareceu sobre *Em busca do tempo perdido*: não uma autobiografia usando um tênue disfarce de ficção, mas, ao contrário, a ficção disfarçada de autobiografia.

(Desconcertada, como sempre, ao lembrar que o homem que deu ao mundo seu romance mais sublime era alguém que, segundo seu biógrafo, gostava de se masturbar aos gritos de ratos vivos sendo perfurados com alfinetes de chapéu.)

Mentoras duelando. Por que não dizer o que aconteceu?, perguntou a primeira. Mas a segunda zombou: Isso é muito fácil. "Isso *não* é um tema: uma sensibilidade delicada confrontando o mundo viscoso, sem coração e decepcionante. Vá arranjar um agone para você." Cada uma delas me avisou que a outra secretamente queria que eu falhasse.

"Escreva, viva o que acontece", aconselhou Christopher Isherwood. "A vida é sagrada demais para ser inventada — embora possamos mentir sobre ela às vezes, para aumentá-la."

Gosto da reclamação de Elizabeth Bishop em relação aos poetas que escrevem o que aconteceu: "Você gostaria que eles guardassem algumas dessas coisas para si mesmos".

Era uma vez um poeta que leu para uma plateia um poema sobre a morte de um irmão. Após a leitura, uma mulher aproximou-se do poeta para dizer quanto o poema fora significativo para ela, pois também havia perdido um irmão. Quando o poeta lhe disse que na verdade não tinha irmão, a mulher ficou indignada. Foi como se ele tivesse dado um tapa na cara dela.

De volta ao meu apartamento, reencontro meus vizinhos, ou pelo menos a metade deles que não fugiu da cidade. Na porta ao lado, morou por um tempo uma jovem que tocava violino. Era de outro país e agora se foi, e não posso dizer quanto sinto falta de ouvi-la tocar, mesmo que imperfeitamente.

O idoso que mora sozinho no andar de cima sobreviveu ao vírus e ao confinamento. Nos próximos meses, ele será diligente em sempre usar a máscara. Será um dos primeiros a ser vacinado. Quando, certa manhã, ele pega a arma de um cofre em seu apartamento e atira em si mesmo, quero saber: ele planejou aquilo? Ficou acordado a noite toda, indeciso? Ou simplesmente acordou naquele dia e pensou: agora?

Ao encarar o fato humilhante de ter passado todo aquele tempo com um jovem problemático que claramente precisava com urgência de orientação, eu só conseguia pensar que queria ficar chapada com ele.

Sem falar em colaborar com o descumprimento da lei, lembra Violeta.

Um dia, quando estávamos deitados em nossos sofás separados e um longo período de silêncio havia se passado, sentei-me e vi que ele havia adormecido. Penso em Psiquê: esgueirando-se para uma cama escura, punhal na mão, iluminando com uma lanterna o corpo adormecido do que ela foi enganada a acreditar ser uma serpente monstruosa que deveria matar para encontrar Eros.

Orgulhosa de mim mesma por ter resistido à tentação de mostrar a ele fotos minhas de quando tinha a idade dele.

Deve ser um efeito de todas aquelas horas de conversa regada a drogas o fato de que agora às vezes me pego conversando com ele. Mas, quando o faço, ele nunca é "Ervilhaca". É sempre o seu nome verdadeiro. Seu doce nome.

Mas como isso pode realmente ter acontecido? Devo estar inventando.

A solicitação do moderador de um clube do livro para que eu providenciasse um manual do leitor para um de meus livros. Exemplos de perguntas úteis incluídos.

Qual personagem você acha mais simpático e por quê?

De que maneira os temas do romance refletem suas próprias experiências e valores?

Com qual dos personagens você mais gostaria de tomar um café? Como você imagina que seria sua conversa com essa pessoa?

Imagine que você é o personagem principal: Como você teria se comportado de maneira diferente dela/dele/delu?

Se você pudesse fazer uma pergunta ao autor, qual seria?

Eu tento:

Com qual dos personagens do livro você mais gostaria de ir para a cama? Como imagina que seria o sexo com ele?

Reescreva o romance com suas próprias palavras. Explique por que sua versão é superior.

Desenhe um bigode na foto da autora. Você teria gostado mais do livro se ele tivesse sido escrito por um homem?

Às vezes me lembro de uma época em que eu tinha mais ou menos a idade de Ervilhaca, e um novo namorado e eu estávamos andando na rua. Chegamos a uma esquina densamente movimentada, e, quando o sinal abriu para os pedestres, uma senhora, em pânico com a correria e os empurrões ao seu redor, chamou minha atenção e gritou: Senhorita! Senhorita! Por favor, me ajude, senhorita!

Quando a escoltei em segurança até o outro lado da rua, meu namorado disse: Veja como, de todas as pessoas para as quais ela poderia ter pedido isso, ela se voltou para você.

Uma prova, para ele — uma prova que eu acho que ele estava procurando —, de que eu devia ser uma pessoa gentil.

Agora, às vezes, quando estou sozinha neste bairro repleto de universitários, lembro-me daquela vez e olho para um rosto jovem após o outro. *Senhorita! Senhorita! Por favor, me ajude, senhorita*!

O novo livro de memórias de uma velha amiga resgata isto: “Disseram-nos que poderia levar décadas para alcançarmos a vida com que sonhamos. Não nos foi dito que, quando o fizéssemos, essa vida logo desapareceria.”

Elegia com comédia, diz ela, é a única maneira de expressar como vivemos agora. E só porque algo não é engraçado na vida real não significa que não possa ser escrito como se fosse. Engraçado pode até ser a melhor maneira de escrever sobre isso.

Em algum momento no início devo ter entendido que todos os grandes escritores que eu tanto amava, todos aqueles brancos europeus cujas obras eu reverenciava e esperava imitar — seja por questões da minha classe, do meu gênero ou da minha raça mista; seja por ser uma estadunidense crassa e rasa —, deveriam ter me menosprezado. Mas não consigo lembrar se isso tinha importância para mim. Agora, em nosso admirável novo mundo cultural, me dizem a toda hora que essa é a única coisa que deveria ter importância para mim.

Uma nova pesquisa com mil e quinhentos universitários formados revela que o jornalismo está no topo da lista dos Dez Cursos com Mais Arrependidos (oitenta e sete por cento). Educação e Língua e Literatura Inglesas também fazem parte da lista, respectivamente, nas posições cinco e dez. De acordo com outra pesquisa, mais de oitenta por cento dos estadunidenses acreditam que têm um livro dentro de si e deveriam escrevê-lo.

Não é que os escritores estejam dizendo que outras profissões, como dançarino, ator ou músico, são mais fáceis; é que as regras são mais claras. Hoje em dia, o escritor me parece alguém que está se tornando menos um artista criativo e mais um político: sempre evasivo, fixado na explicação.

Resignada com o fato de que, sempre que escrevo algo sobre escrever ou ser escritora, estou irritando demais algumas pessoas.

(Como refletir sobre a vida sem refletir também sobre a escrita?, pergunta Annie Ernaux em seu discurso ao aceitar o Prêmio Nobel.)

— • —

Certa vez, quando eu era menina, debrucei-me sobre um muro e observei uma fila de colegiais lideradas por uma freira entrando em um parque. As meninas vestiam uniforme: blusas brancas e saias largas azul-marinho. Andavam de mãos dadas, lado a lado. A freira parou, virou-se, disse algo que não consegui ouvir. Ao que as meninas saíram pulando em pares: doze borboletas saindo de uma lagarta.

Em todos os anos desde que essa metáfora me veio, quis encontrar um lugar para usá-la. Mas nunca o fiz. Com medo de que nunca mais possa usá-la, eu a incluí aqui.

Cite três autores, vivos ou mortos, que você convidaria para um jantar literário; essa é uma questão muitas vezes feita a autores entrevistados para o *New York Times Book Review*.

O que Edmund White disse que James Merrill disse sobre um jovem fã: "Por que ele quer nos encontrar pessoalmente? Ele não percebe que a melhor parte de nós está nas páginas e tudo o que encontrará é uma colmeia vazia?".

Questionada sobre quais escritores ou livros acredito que ainda serão lidos daqui a cem anos, lembro-me do que Stephen Hawking disse: A humanidade tem somente cerca de cem anos restantes na Terra.

Stephen Hawking disse isso em 2017.

As palavras de Rilke acima da minha mesa: "Eu agi contra o medo. Passei a noite toda escrevendo".

Perguntaram-me: Quem você gostaria que escrevesse a história de sua vida?

Alguém com um belíssimo estilo e um grande coração amoroso e benevolente.

Agradecimentos

Meus agradecimentos especiais constantes a Joy Harris e Sarah McGrath.

E, por seu generoso apoio, à Art Omi e à Fundação Memorial John Simon Guggenheim.

Sobre a autora

Sigrid Nunez nasceu em 1951, em Nova York, onde mora até hoje. É filha de uma alemã e de um panamenho de origem chinesa.

Graduou-se em 1972 no Barnard College e obteve o mestrado na Universidade Columbia (1975). Lecionou em prestigiosas instituições de ensino, como Amherst College, Universidade Columbia, New School, Universidade de Princeton e Smith College.

Em 1989, recebeu o prêmio da Fundação General Electric Foundation para jovens escritores e, em 1993, o Whiting Writers' Award. Também foi laureada com dois prêmios da American Academy of Arts and Letters: o da Rosenthal Foundation (1999) e o Rome Prize in Literature (2000-2001). Ganhou o Berlin Prize, uma bolsa de estudos concedida pela American Academy em Berlim, em 2005. É membro da American Academy of Arts and Sciences.

Entre os jornais e as revistas para os quais escreveu, estão *The New York Times*, *The Wall Street Journal*, *The Paris Review*, *The Threepenny Review*, *Harper's*, *McSweeney's*, *Tin House* e *The Believer*.

Seu primeiro romance, *A Feather on the Breath of God* [Uma pena no sopro de Deus] (1995), foi considerado "uma estreia notável" pela revista literária e cultural *The Atlantic*. Parcialmente autobiográfico, conta a história da filha de um casal de imigrantes que mora em Nova York.

Naked Sleeper [A adormecida nua] (1996), seu segundo romance, tem como personagem principal Nona, uma mulher de meia-idade que, infeliz no casamento e na vida, procura uma saída para ambos. Sobre ele, o *Chicago Tribune* afirmou: "É difícil escrever sobre personagens que se preocupam com amor e destino sem parecer — ou fazê-los parecer — tolos. Mas Nunez foi bem-sucedida".

O livro seguinte foi *Mitz: The Marmoset of Bloomsbury* [Mitz: a sagui de Bloomsbury] (1998), a biografia fictícia da sagui de estimação de Leonard e Virginia Woolf. Já *For Rouenna* [Para Rouenna] (2001) é sobre uma enfermeira do Exército dos Estados Unidos que serviu no Vietnã, enquanto o livro que veio em seguida, *The Last of Her Kind* [A última da sua espécie] (2006), retrata a vida de duas mulheres que viveram "a agitação cultural dos anos 1960". O romance tem alta carga dramática e aborda temas como justiça, questões raciais e idealismo político.

Seu sexto romance, *Salvation City* [Cidade da Salvação] (2010), é sobre uma pandemia global de gripe. O protagonista é um adolescente que testemunha a doença assolar os Estados Unidos. O *New York Times* considerou a narrativa "gratificante, provocadora e bastante plausível".

Pela Instante foram publicados em 2019 *O amigo* (2018), seu sétimo romance, vencedor do National Book Award na categoria Ficção; em 2021 *O que você está enfrentando* (2020); e em 2023 o livro de memórias *Sempre Susan: um olhar sobre Susan Sontag* (2011). Suas obras já foram traduzidas para mais de vinte e cinco idiomas.

Sobre a concepção de capa

A primavera em Nova York em plena pandemia de covid e os parques vazios por conta do confinamento são parte do cenário da ilustração de capa, que mistura os universos micro e macro do isolamento.

Um caderno Moleskine de capa vermelha deixado em um banco provoca pensamentos inusitados. Chaves esquecidas e chaves encontradas estimulam uma relação inesperada dentro do confinamento.

Estão representados na imagem os principais elementos da história: a paisagem tropical exuberante do papel de parede do quarto do papagaio Eureca, a sala de estar onde a narradora e Ervilhaca tomam sundae com sorvete vegano, os prédios de NoMad que se misturam com as hortênsias (ou hidrângeas) do Madison Square Park, trazendo a atmosfera aconchegante dos romances de Sigrid Nunez.